남산골 두 기자

남산골 두 기자

ⓒ 정명섭 2017

초 판 1쇄 발행 2017년 7월 25일
초 판 9쇄 발행 2024년 2월 29일
개정판 1쇄 발행 2024년 6월 10일

지은이 정명섭
펴낸이 김혜선 **펴낸곳** 서유재 **등록** 제2015-000217호
주소 (우)04034 서울 마포구 잔다리로7길 18(서교동 377-20) 504호
전화 070-5135-1866 **팩스** 0505-116-1866 **대표메일** outdoorlamp@hanmail.net
종이 엔페이퍼 **인쇄** 성광인쇄

ISBN 979-11-89034-82-5 43810

바일간 002

한성일보

남산골 두 기자

붓으로 세상을 바꾸려는 자들의
열혈 취재 활극

정명섭 장편소설

서유재

차
례

단도직입 單刀直入
홀로 칼을 휘두르며 거침없이 적진으로 향하다.
에두르지 않고 요점과 핵심을 바로 말하는 것을 이른다.

|

운종가에서 만난
옛 친구

"아이고, 또 떨어졌군."

혹시나 하고 들여다본 과방(科榜)*에 이름이 없는 것을 확인한 김 생원은 낙담한 채 집으로 돌아왔다. 그러고는 새 자리를 짜기 시작했다. 고드랫돌**을 앞뒤로 넘기면서 왕골 가닥을 중간에 하나씩 끼워 넣던 김 생원은 깜빡 잊고 있었다는 듯 구석

---

* 조선 시대, 거리에 붙이던 과거 합격자 명단. 금방이라고도 부른다.
** 발이나 돗자리 따위를 엮을 때에 날을 감아 매어 늘어뜨리는 조그마한 돌.

에 놓인 사방관(四方冠)*을 썼다. 때마침 관수와 함께 나갔다가 대문을 막 들어서던 김 생원의 부인은 그 광경을 보고 혀부터 찼다. 분위기 읽기로는 세상에서 둘째가라면 서러울 관수는 냉큼 뒤뜰로 사라졌다. 대청에 걸터앉은 부인이 부지런히 고드랫돌을 넘기는 김 생원에게 물었다.

"또 떨어지셨습니까?"

"그, 그게 말이오."

"왜요? 이번에도 시험 문제가 잘 안 보이셨습니까?"

"문제는 잘 봤는데 시간이 부족해서…….."

"됐어요. 저도 더는 못 참겠습니다."

"부인에게 참 면목이 없소. 큼큼, 하지만 과거라는 게 그리 쉽지가 않잖소. 큼, 공자께서 말하기를…….."

헛기침까지 해 가면서 말을 잇는 김 생원에게 부인이 착 가라앉은 목소리로 말했다.

"저는 그놈의 공자가 지겨워 죽겠습니다."

부인의 목소리가 낮아지면 낮아질수록 위험하다는 걸 오랜 경험으로 알고 있는 김 생원은 입을 꾹 다물었다. 아니나 다를까 부인의 한탄이 이어졌다.

---

* 조선 시대 양반들이 머리 위에 쓰던 사각형 모양의 관.

"십 년 전, 복시(覆試)*에 합격했을 때만 해도 당장 당상관**이 될 줄 알았습니다. 아이고, 이놈의 팔자!"

부인의 한탄이 잦아들기를 기다려 김 생원은 슬금슬금 다가가서는 어깨를 토닥거렸다.

"내 다음번 시험에는 꼭 붙도록 할 것이니 너무 상심하지 마시구려. 내 나이 이제 겨우 서른다섯밖에 안 되었소이다. 일흔에 발탁된 강태공도 있지 않소."

"벌써 십 년째라고요. 쌀이 떨어져 푸성귀 뜯어 먹고산 지가 벌써 몇 달쨉니까."

"나는 푸성귀가 좋소. 몸에도 좋고 맛도 좋고……."

김 생원은 부인이 고개를 돌려 째려보자 슬금슬금 뒤로 물러앉았다.

"이렇게 지내다가는 우리 둘 다 굶어 죽을지도 모릅니다. 그러니 방법을 찾아보세요."

"서, 설마 나가서 일을 하라는 건 아니겠지요? 글공부라는 건 하루를 건너뛰면 이틀 치 배운 걸 잊어버리는 법이오."

"그럼 과거에 합격하시든지요. 좁쌀 한 됫박도 없습니다. 앉

---

* 초시 다음에 보는 과거 시험으로 여기서 합격하면 생원이라는 명칭이 붙었다.
** 조선 시대, 정삼품 상(上) 이상의 품계에 해당하는 벼슬아치를 통틀어 '당상'이라 하였으며 '당상관'은 당상의 품계에 있는 벼슬아치를 이른다.

은 채로 굶어 죽을 수는 없잖습니까."

"내가 더 열심히 자리를 짤 테니 조금만 참아 봅시다."

"그거 팔아 어디 입에 풀칠이라도 하겠습니까? 정녕 나가서 밥벌이를 하지 않으시겠다면……."

잠깐 뜸을 들인 부인이 얘기했다.

"관수를 팔아야겠습니다."

"말도 안 되오. 하나밖에 없는 노비를 팔면 어찌한단 말이오."

김 생원이 펄쩍 뛰었지만 부인은 눈 하나 깜짝하지 않았다.

"그럼 뾰족한 수라도 있답니까? 양반 체통 지키자고 그림같이 앉아 과거 공부만 한 지 십 년째예요, 십 년."

부인이 가슴을 치면서 한탄을 하자 김 생원은 애가 탔다. 명색 양반 체면에 부리는 노비 하나 없이 살 생각만으로도 온몸에 기운이 빠져나가는 것 같았다.

"알겠소. 내가 나가서 일거리를 찾아보리다."

"얼렁뚱땅 넘어갈 생각은 하지 마세요. 빈손으로 돌아오면 기어코 관수부터 내보낼 거예요."

부인이 쐐기를 박자 김 생원은 손사래를 쳤다.

"내 어찌 한 입으로 두 말을 하겠소. 그럼 다녀오리다."

일단은 자리부터 피하고 보는 게 최선이다 싶어 김 생원은 서둘러 외출 준비를 했다. 도포를 입고 흑립을 쓸 즈음에 어느 틈

엔가 모습을 드러낸 관수가 잽싸게 짚신을 댓돌 위에 올려놨다.

"그럼 다녀오리다."

가볍게 뒷짐을 진 김 생원이 싸리문을 나섰다. 김 생원의 집은 남산 중턱에 있어서 진흙 범벅인 진고갯길을 한참 내려가야 한다. 김 생원은 중간중간에 괴어져 있는 돌들을 능숙하게 밟으면서 걸어갔다. 고갯길을 내려가는 동안 심심해진 김 생원이 빈 보따리를 품에 안은 채 뒤따라오는 관수에게 물었다.

"네가 올해 몇 살이지?"

"열다섯입니다."

"열다섯이라……."

외아들이 죽지 않고 살아 있었다면 꼭 관수만 했겠구나 싶은 생각에 문득 슬퍼진 김 생원은 길가에 코를 팽 풀었다. 사실 관수를 다른 곳으로 보내기 싫은 진짜 까닭은 죽은 외아들과 너무나 닮은 구석이 많아서였다. 눈치가 빠르고 장난기가 많은 것은 둘째치고 머리가 제법 똑똑해서 하나를 가르치면 둘을 깨우쳤다. 그래서 양반이 할 일은 아닌 줄 알면서도 천자문 정도는 익히게 해 줬다.

한숨을 털어 낸 김 생원이 중얼거렸다.

"관례(冠禮)*를 치를 나이구나."

입을 삐죽 내민 관수가 이죽거렸다.

"저 같은 놈에게 관례가 무슨 필요 있겠습니까? 그냥 배불리 먹고 마시면 그만이지요."

"이놈아! 사람이 짐승과 다른 것은 예의범절을 알고 충효를 배웠기 때문이다."

김 생원의 잔소리가 시작될 기미가 보이자 관수는 괜한 돌부리를 걷어차며 딴청을 피웠다. 그렇게 얘기를 주고받는 사이 진고개를 다 내려왔다. 막상 큰소리를 치고 길을 나서기는 했지만 오라는 곳은커녕 딱히 갈 곳도 없는 김 생원은 길가에 우두커니 섰다.

"양반 체면에 장사를 할 수도 없고, 기술이 있어서 일을 할 수 있는 것도 아닌데 어쩐다. 이번에도 빈손으로 돌아가면 부인이 가만두지 않을 것은 불 보듯 빤한데 말이다."

"자고로 남자는 하늘이라 했습니다. 어찌 그리 마님 말씀에 번번이 겁부터 내십니까?"

김 생원은 천연덕스럽게 식자연하는 관수에게 눈을 부라렸다.

"무식한 소리! 하늘도 땅과 사람이 있어 존재하는 것. 그러니 아무리 하늘이라고 해도 땅을 굽어보고 사람을 돌보지 않으면 안 되는 법이다."

---

*　　조선 시대의 성인식. 관례 이후 상투를 틀 수 있다.

똑똑한 척 괜히 폼 잡아 에둘렀지만 눈치 빠른 관수는 코까지 벌름거리며 먼 산만 봤다. 하긴 호랑이 같은 마님에게 쩔쩔매는 걸 매일 보니 이상할 것도 없었다. 괜한 헛기침만 요란스럽게 한 김 생원은 발걸음을 옮겼다. 눈치를 슬쩍 보던 관수가 잽싸게 따라붙으면서 입을 열었다.

"오랜만에 운종가(雲從街)* 구경 어떻습니까?"

"어허, 어디 천한 장사치들이 모여 있는 곳에 간단 말이냐?"

"그래도 일거리를 찾기에는 거기만 한 곳이 없지 않겠습니까? 나중에 집에 돌아가셔도 핑곗거리도 되고 말입니다."

"핑계라니?"

"천한 장사치들이 있는 운종가까지 갔는데 일거리를 못 찾았다고 하시면 마님께서도 더는 뭐라 못 하실 겁니다."

관수의 얘기에 귀가 솔깃해진 김 생원이 말했다.

"그럴까?"

김 생원도 딱히 싫지는 않아 못 이기는 척 승낙했다.

"그러자꾸나. 어서 가자."

뒷짐을 지고 어깨를 쭉 편 김 생원이 앞장서고 관수가 몇 걸

---

* 조선 시대 종로의 시전 일대를 지칭하는 말로 사람들이 구름처럼 몰려들었다가 흩어진다는 뜻이다.

음 뒤에서 종종걸음으로 따라갔다. 따뜻한 봄날이었다. 거리에는 술에 취한 술꾼들이 제법 보였고, 가리마(加里亇)[*]를 쓴 기녀들도 삼삼오오 무리 지어 돌아다녔다. 관수는 예쁘게 차려입은 기녀들이 지나갈 때마다 정신을 차리지 못하고 있었다. 김 생원도 양반 체통에 대놓고 바라보지는 못했지만 눈치껏 구경했다. 그러다가 황토현(黃土峴)^{**}이 보이는 개천(開川)^{***} 다리를 지나 운종가에 도달했다. 길 양쪽에 2층으로 된 시전들 수백 칸이 줄지어 늘어서 있는데 아직 해가 떨어지지 않았는데도 처마에 색색 등을 내걸어서 분위기를 돋웠다. 한적한 남산골에만 있다가 사람들로 북적거리는 운종가에 온 두 사람은 이리저리 둘러보느라 정신이 없었다. 그런 두 사람 앞에 누군가 불쑥 나타났다. 스님들이 쓰는 삿갓처럼 생긴 송낙을 머리에 쓰고 터무니없이 커서 바닥에 질질 끌리는 낡은 도포를 입었는데 팔뚝과 어깨, 허리띠에 색색 가지 천을 드리운 차림새였다. 그 모습을 본 관수가 웃음을 참지 못하고 고개를 외로 꼬는데 송낙을 벗은 상대방이 입을 열었다.

---

[*]   조선 시대 부녀자들이 머리에 쓰던 쓰개로 주로 의녀나 기녀 들이 많이 사용했다.

^{**}   지금의 세종로 사거리에 있던 언덕으로 황토로 되어 있어서 황토마루라고도 불렀다.

^{***}   청계천의 원래 이름.

"운종가에 오신 걸 환영합니다."

두 사람이 어리둥절해하자 송낙을 한 손에 쥔 상대방이 다가왔다.

"저로 말씀드릴 것 같으면 운종가 수백 칸 행랑의 주인이 누구인지, 그 집 숟가락이 몇 개인지 속속들이 꿰뚫어 보고 있는 여리꾼* 곽수창이올시다."

관수는 자기 나이 또래의 여리꾼 곽수창을 바라봤다. 비쩍 마른 몸에 턱이 가늘고 뾰족한데다가 주근깨가 남아 있는 얼굴은 유쾌한 말투와 달리 다소 신경질적으로 보였다. 여리꾼 곽수창은 광대처럼 덩실거리면서 말을 이어 갔다.

"자자, 필요한 게 있으면 말씀만 하십시오. 명나라 비단이 필요하시면 선전(縇廛), 무명이 필요하시면 면포전(綿布廛), 명주를 사시려면 면주전(綿紬廛), 모시와 베를 사시려면 저포전(苧布廛), 생선과 해산물을 사시려면 내외어물전(內外魚物廛), 종이를 사시려면 지전(紙廛)으로 가시면 됩니다. 다 제가 아는 곳이니 안심하고 따라오십시오."

말이 길어질 기미를 보이자 김 생원이 손을 가볍게 흔들면서

---

* 운종가에서 손님을 상점으로 끌어들이는 역할을 하는 사람. 열립군이라고도 부른다. 손님들 눈에 띄기 위해서 색다른 옷차림을 했다고 전해진다.

말했다.

"물건을 사러 온 게 아니네. 그저 구경 삼아 나온 걸세."

김 생원의 말을 들은 곽수창은 송낙을 뒤집어쓰면서 공손하게 인사를 했다.

"그럼 소인은 이만 물러가겠습니다. 다음에 물건을 사실 일이 있으면 여리꾼 곽수창을 찾아 주십시오."

훼방꾼인 곽수창이 사라지자 두 사람은 천천히 거닐면서 구경을 했다. 김 생원이 뒤따라오는 관수에게 말했다.

"참으로 장관이로구나."

"그러게 말입니다. 어디 가서 따뜻한 잔술 한잔하고 들어가면 딱이겠습니다요."

김 생원이 관수를 향해 혀를 찼다.

"어린놈이 벌써부터…… 쯧쯧."

"뭐, 제가 과거를 볼 것도 아닌데 어떻습니까?"

딱히 틀린 말도 아니어서 아무런 대꾸 없이 김 생원은 휘적휘적 운종가를 걸었다. 제법 넓은 길인데도 시전에서 내놓은 물건들과 손님을 부르는 여리꾼들로 몹시 혼잡스러웠다. 부인의 불호령은 까맣게 잊어버린 채 사람 구경을 하던 김 생원의 등을 누군가 쳤다. 부인이 뒤쫓아 온 줄 안 김 생원이 화들짝 놀라 돌아보았다. 다행히 이어 들려온 것은 굵은 남자 목소리였다.

"이게 누군가? 김 생원 아니신가?"

"아니, 자네는 박춘 아닌가!"

김 생원은 자신보다 반 뼘쯤 작고 통통한 체격의 박춘을 내려다보면서 말했다. 혈색이 좋고 통통한 얼굴에 뺨과 턱을 따라 한 움큼씩 수염이 난 그는 너털웃음을 지으면서 대답했다.

"맞네. 십 년 만에 길거리에서 이렇게 만나다니! 참으로 신기하네그려."

십 년 전이라는 박춘의 말에 김 생원은 초시에 합격했던 그 시절을 떠올렸다. 김 생원 생에 가장 빛나던 시절이었다. 성명방(誠明坊)[*]에 있던 남학당(南學堂)[**]에서 함께 공부하던 두 사람은 그가 복시에 합격하고 생원이 되면서 길이 갈렸다. 김 생원이 떠들썩하게 축하를 받던 날, 박춘은 짐을 싸 들고 남학당을 떠났다. 원래부터 장사꾼 집안 출신이라 따돌림을 받기도 했지만 특출나게 공부를 잘한 것도 아니었기 때문이었다. 그런 박춘과 유일하게 가깝게 지냈던 이가 김 생원이었다. 짐을 싸서 떠나는 박춘에게 김 생원은 포기하지 말고 다시 꼭 보자고 했고 박춘은 눈물까지 글썽거리면서 고마워했다. 그렇게 생원이 되

[*]   오늘날의 서울시 중구 일대.
[**]   조선 시대의 중등 교육 기관으로 한양에는 동서남북 4부 학당이 설치되었지만 북부학당은 곧 없어졌다.

어 성균관에 들어간 몇 년 만에 빈손으로 나오고 집에서 글공부를 하면서 김 생원은 박춘에 대해서 까맣게 잊고 지냈다. 그런데 사람이 구름처럼 모여든다는 운종가에서 십 년 만에 만난 것이다.

김 생원의 옷차림을 힐끔 살펴본 박춘이 물었다.

"요즘은 어떻게 지내는가?"

"뭐, 어, 그러니까 열심히 글공부 중이네. 자넨 어떤가?"

마른침을 삼킨 김 생원이 최대한 태연스럽게 대꾸하자 박춘이 가만히 고개를 끄덕거렸다.

"하긴, 자넨 세상 물정은 관심 없고 오직 글공부만 했었지. 난 아버지 지물전(紙物廛)*을 물려받아서 하다가 최근에 다른 일을 하기 시작했네."

"다른 일?"

박춘은 김 생원의 어깨를 툭 치며 말했다.

"오랜만에 만났는데 여기서 이러지 말고 어디 가서 술이나 한잔하면서 얘기하세."

"그, 그럴까?"

박춘이 호탕하게 웃으며 김 생원의 손을 잡아끌었다.

---

* 온갖 종류의 종이를 파는 상점.

"여기서 멀지 않은 곳에 내가 잘 가는 선술집이 있네. 내가 살 테니 자네는 아무 염려 말게."

앞장선 박춘의 뒷모습을 보면서 잠시 갈등하던 김 생원은 어느샌가 자신을 지나쳐 박춘을 따라가는 관수를 봤다.

"이 녀석이! 여보게, 같이 가세."

박춘을 따라 피마골 선술집으로 들어선 김 생원은 입을 다물지 못했다. 마루 한쪽에 만들어 놓은 부뚜막 앞에서 곱게 화장을 하고 머리를 튼 여인이 긴 국자로 동이에 담긴 술을 퍼서 작은 잔에 담는 중이었다. 그 옆에는 바짝 마른 일꾼인 중노미*가 화로에 부채질을 하면서 작은 생선을 굽고 있었다. 여인 주변에는 붉은색 전립을 입은 별감부터 까치등거리를 입은 나장**은 물론 김 생원처럼 갓을 쓰고 도포를 입은 선비까지 잔뜩 모여서 얘기를 나누는 중이었다.

싸리문을 열고 안으로 들어선 박춘이 들으란 듯이 크게 헛기침을 하자 부뚜막 앞에 앉아 있던 여인이 반색을 했다.

"아이고, 어서 오십시오. 이게 얼마 만입니까?"

"요새 좀 바빴네. 오랜만에 친구를 만나서 한잔하려고 왔네."

---

* 음식점이나 여관에서 허드렛일하는 남자.
** 조선 시대의 하급 군졸로 죄인의 처형이나 고문, 압송을 담당함. 이들이 주로 입은 소매 없는 윗옷을 까치등거리라고 한다.

"뒤뜰 평상이 비었습니다. 거길 쓰시지요."

"알겠네. 따끈하게 데운 술 한 병 주게. 너비아니도 넉넉히 구워 주고."

"감사합니다."

한 손에 부채를 든 중노미가 일행을 뒤뜰의 평상으로 안내했다. 먼저 걸터앉은 박춘의 맞은편에 자리 잡은 김 생원은 관수가 어느새 평상 아래 맨땅에 앉은 것을 봤다. 관수를 본 박춘이 물었다.

"아랫것인가?"

"그렇다네."

"총기 있게 생겼군."

"말썽이나 안 피우면 다행이지."

김 생원의 대답에 박춘이 피식 웃으면서 물었다.

"사는 곳은 아직 남산골이지?"

고개를 끄덕거린 김 생원이 대답했다.

"조용해서 글공부하기에는 그만한 곳이 없지."

"하긴, 자넨 밥 먹는 것보다 글공부를 더 좋아하지 않았나."

박춘이 치켜세워 주자 부인의 구박에 울적했던 김 생원은 기분이 좀 풀어졌다. 잠시 후에 중노미가 술과 안주가 담긴 소반을 가져왔다. 평상 아래에서 엉거주춤 바라보는 관수를 힐끔 본 박춘이 돌아서려는 중노미에게 말했다.

"저놈에게도 술 한 잔이랑 안주로 생선 한 토막 가져다주게."

"알겠습니다요."

중노미가 걸어가는 뒷모습을 보던 박춘이 술병을 들면서 말했다.

"여기 술맛이 정말 기막히게 좋다네. 한 잔 쭉 들어 보게."

못 이기는 척 술을 한 잔 들이켠 김 생원은 저도 모르게 감탄사가 터져 나왔다.

"좋은 친구를 둔 덕분에 이렇게 좋은 술도 맛볼 수 있네그려."

그렇게 술이 몇 번 오고 가자 박춘이 넌지시 물었다.

"그나저나 글공부만 계속해서는 먹고살기가 여간 힘들지 않을 텐데 어떤가?"

술이 몇 잔 들어간 김 생원은 속마음을 감추지 않았다.

"안 그래도 집사람이 고생이 많다네. 그렇다고 내가 할 수 있는 일 찾기가 쉽나."

박춘이 맞장구를 쳤다.

"그렇지. 평생 글공부만 하던 사람이 나처럼 장사를 할 수도 없고 말이야."

"자네도 잘 알겠지만 글공부라는 게 과거에 합격하기 전까지는 먹고사는 데 전혀 쓸모가 없지 않은가."

김 생원의 한탄을 듣던 박춘이 빈 술잔을 채워 주면서 슬쩍 말했다.

"자네의 그 글솜씨 말일세. 내가 좀 써도 되겠나? 물론 공짜로는 아닐세."

"어떻게 말인가?"

김 생원이 관심을 보이자 박춘이 눈빛을 반짝거렸다.

"자네, 조보(朝報)라고 들어 본 적 있나?"

"알다마다. 승정원에서 조정의 일을 적어 내보내는 기별지 아닌가."

"그렇지. 그 조보란 게 말이야 조정의 크고 작은 일과 선비들이 올린 상소문, 과거가 언제 열리는지 같은 얘기들은 물론 임금께서 하교*하신 말씀까지 빠짐없이 들어 있어. 그걸 보기만 해도 가만히 앉아서 조정이 어찌 돌아가는지 세세하게 알 수 있다네."

"나도 읽어 봐서 잘 알지. 그놈의 글씨가 영 알아보기 힘들어서 그렇지 조정 돌아가는 일을 아는 데 그보다 편리한 건 없지. 그런데 조보는 왜?"

---

* 　가르침을 베푸는 일.

"그 조보를 팔아 볼까 생각 중일세."

뜻밖의 얘기를 들은 김 생원이 물었다.

"아니, 조정에서 내는 조보를 자네가 어찌 판단 말인가?"

술잔을 소반에 내려놓은 박춘이 설명을 이어 갔다.

"그러니까 그 조보라는 게 대충 어떤 식으로 만들어지냐면 말이야. 경복궁 내전 곁에 있는 기별청이라는 곳에서 만들어져. 승정원 주서가 하루 동안 궁궐에서 일어난 일이랑 임금의 전교 같은 것들을 모아서 적으면 입직한 승지가 별문제는 없는지 보고 내보내는 거지. 그러면 조정의 관청에서 보낸 기별서리들이 그걸 베껴 가지. 한양의 관청뿐만 아니라 지방에서 올라온 경저리(京邸吏)*들도 그걸 적어 가서 자기 고장의 사또에게 바치지. 그걸 지방으로 보내는 사람을 기별군사라고 부르고. 그런데 한시라도 빨리 베껴서 보내야 하다 보니 기별서리들도 보통 사람들은 못 알아볼 정도로 흘려 쓸 수밖에 없다네. 오죽하면 그걸 기별글씨라고 이름까지 붙여 부르겠나."

박춘의 설명을 들은 김 생원이 감탄했다.

"자넨 어찌 그걸 그리 잘 아나?"

---

* 지방에서 한양으로 올려 보낸 아전들을 지칭한다. 한양에 머물면서 지방과의 연락이나 세공의 납부 같은 업무를 처리했다.

"그게 중요한 게 아니고, 그 조보라는 게 편리하고 좋긴 한데 문제가 좀 있단 말이야. 일단 글씨를 알아보기 힘들어요."

"그렇지. 흘려 쓰는 초서체도 보기 어려운데 조보 글씨는 그 거보다 더하더라고."

김 생원이 맞장구를 치자 박춘의 설명이 이어졌다.

"거기다 말이야. 조보는 사람이 베껴 쓰는 거라 많이 만들 수 가 없어서 관리들 중에서도 높은 자리에 있는 사람들만 볼 수 있거든. 그러니까 아무리 양반이라도 마음대로 볼 수가 없지."

"맞는 말일세. 나도 아는 사람에게 부탁해서 몇 번 봤는데 사 이가 나빠지고 나니까 보여 달라고 할 수가 없게 되었지. 그런 데 그 조보로 어떻게 돈을 번다는 건가?"

"승정원의 허가를 얻었네. 내가 조보를 받아서 찍어 낼 수가 있게 되었지."

"정말? 그럼 관리가 아닌 사람도 조보를 볼 수 있도록 된단 말인가?"

김 생원의 물음에 박춘이 손사래를 쳤다.

"그냥은 아니고 돈을 내야지. 가만 보니 양반들부터 시전의 장사치들까지 돈을 내고라도 조보를 꼬박꼬박 받아 보겠다고 하는 사람이 한둘이 아니더란 말이야."

박춘의 얘기를 들은 김 생원이 물었다.

"그러니까 그 사람들에게 조보를 팔겠다는 얘긴가?"

무릎을 탁 치며 박춘이 대답했다.

"바로 그 말일세. 아침에 기별청에서 받아 바로 찍어서 팔 걸세. 그러면 돈을 낸 사람들은 매일매일 방 안에 앉아서 조보를 받아 볼 수 있는 거지."

"조정 관리들이 볼 수 있는 조보를 앉아서 받아볼 수 있다니, 아닌 게 아니라 돈이 되고도 남겠군그래."

"역시 글공부를 잘해서 그런지 자네는 말귀를 잘 알아듣는구먼."

"그런데 그게 돈이 되려면 여러 사람한테 돌려야 하는데 언제 손으로 써서 보낼 건가?"

"누가 그걸 베껴 쓴다고 했는가? 활자로 찍을 걸세."

"활자를 쓴단 말인가?"

"활자를 쓰면 백 장이고 천 장이고 찍어 내기만 하면 되니까 얼마든지 팔 수 있지. 거기다 베껴 쓸 때처럼 글씨가 틀리거나 못 알아볼 일도 없지."

"여불위(呂不韋)*가 울고 가겠군그래."

---

* 중국 전국 시대 후기의 상인이자 정치가. 진나라 장양왕을 후원해서 승상의 자리에 올랐다가 진시황에 의해 목숨을 잃었다.

"그 일에 자네 도움이 필요하네."

박춘의 말에 김 생원이 고개를 갸웃거렸다.

"나는 기별글씨도 못 알아보고 활자를 찍을 줄도 모르는데 뭘 도울 수 있단 말인가?"

"아까 얘기했듯이 시전의 장사치들 몇몇이 이미 뛰어들었네. 그들과의 경쟁에서 이기려면 다른 수를 써야 해."

"어떻게 말인가?"

"내가 찍을 조보에는 사람들이 관심을 가질 만한 이야기를 넣어 볼 생각이야."

"이야기를 넣는다……."

"세상 돌아가는 일들을 넣는 거지. 그래야 다른 조보들과 구별이 되지 않겠나."

"재미있을 법한 얘기라, 그럴듯하군."

"그렇지. 조보를 받아 보고 싶어 하는 사람들 중에 적지 않은 이들이 다른 소식들도 궁금해하거든."

"그걸 조보에 넣어 찍는다 이 말이지?"

"어차피 조보도 내용을 좀 손봐서 찍고 있어. 그러다 보니 여백이 생길 때가 있는데 거기다가 넣으면 된다네. 난 그걸 신문 (新聞)이라고 부를 생각이야."

"새로울 신(新)에 들을 문(聞)이로군."

"그렇지! 신문에 들어갈 새로운 이야기를 써 줄 사람을 찾고 있는 중이었네. 그런데 마침 자네를 만났지 뭔가."

호탕하게 웃은 박춘에게 김 생원이 물었다.

"나보고 그 일을 하란 말인가?"

"세상 돌아가는 일을 보고 써야 하니까 일단 문자를 알아야 하지 않겠는가? 거기다 어느 정도 체통이 있는 사람이어야만 돌아다니면서 두루 볼 수 있지. 그뿐인가? 그냥 쓰는 것도 아니고 조리 있게 요모조모 적으려면 자네만 한 사람이 없다 이 말이야. 내가 오늘 귀인을 만난다고 점쟁이가 그러더니 딱 맞았네 그려."

얘기를 마친 박춘이 술잔을 들고 벌컥벌컥 마셨다. 김 생원은 껄껄거리면서 웃는 그에게 조심스럽게 물었다.

"내가 할 수 있을까?"

김 생원이 자신 없어 하는 눈치를 보이자 박춘이 빈 술잔을 내려놓으면서 말했다.

"글솜씨도 되고 한양 토박이라 여기저기 모르는 곳 없는 사람이 바로 자네 아닌가. 일단은 만들어진 신문을 검사하는 일을 해 주게."

"뭘 검사한단 말인가?"

"틀린 글자가 있는지 봐 줄 사람도 어차피 필요하거든. 이 일을 맡아 주면 내가 한 달에 쌀 여덟 말을 주겠네."

"여, 여덟 말씩이나?"

입이 떡 벌어진 김 생원이 눈만 껌뻑거렸다.

"어디 그뿐인가? 일만 잘해 주면 우리 상점에 있는 종이도 주겠네. 어떤가?"

박춘의 은근한 물음에 김 생원은 마른침을 꿀꺽 삼켰다.

"아, 알겠네. 그런데 내가 하는 일의 이름이 뭔가?"

"이름?"

"집에 가서 어떤 일인지 얘기를 해 줘야 하네. 무릇 세상의 일들은 그걸 지칭하는 이름이 있어야 하기도 하고 말일세."

"가만있어 보자, 그 생각을 못 했네."

손가락으로 턱수염을 긁으면서 생각에 잠겨 있던 박춘의 눈이 반짝거렸다.

"옳거니, 기자(記者) 어떤가?"

"기록할 기(記)에 사람 자(者)로군. 알겠네."

"그럼 승낙한 걸세. 내일부터 나오게. 며칠 동안 어떻게 돌아가는지 보고 슬슬 일을 시작하면 되지. 내 가게는 저기 장통교 옆 2층 행랑일세. 처마에 종이를 주렁주렁 걸어 놨으니 금방 알아볼 거야."

어서 빨리 부인에게 일거리를 찾았다는 얘기를 해 주고 싶었던 김 생원이 말했다.

"그렇게 하지. 날이 어두워졌으니 오늘은 이만 일어나는 게 어떻겠나?"

"알겠네. 참, 한 가지만 더."

"뭔가?"

일어나려던 김 생원이 묻자 박춘이 입을 열었다.

"신문의 이름을 정해야 하네. 그걸 넣어야 다른 조보들과 분간을 하지."

잠시 고민하던 김 생원이 대답했다.

"한성의 일들을 들려줄 것이니 '한성조보' 어떤가?"

"거, 이름 좋군. 역시 자네를 만나서 다행이야."

"나야말로 자네 덕분에 죽다 살아났네그려."

한창 덕담을 주고받던 두 사람 사이에 관수가 끼어들었다.

"저……."

"무슨 할 얘기가 있느냐?"

김 생원의 물음에 관수가 말했다.

"한성조보보다는 '한성일보'가 나을 것 같아서 말입니다."

"일보?"

박춘의 반문에 관수가 고개를 끄덕거렸다.

"아까 매일 조보를 받아 볼 수 있다고 하지 않았습니까? 그러니까 매일 받아 보는 조보라는 뜻으로 일보(日報)라고 지으면 어떨까 해서 말입니다."

관수의 설명을 들은 박춘이 제법이라는 표정을 지었다.

"오호라, 일리 있는 얘기로구나. 그럼 한성일보로 하자. 어린 놈이 보통이 아니구나."

호통하게 웃은 박춘이 술값을 치르러 간 사이 김 생원이 관수를 꾸짖었다.

"내가 함부로 나서지 말라 하지 않았느냐."

"어차피 저도 따라다녀야 하지 않습니까?"

"나를 말이냐?"

"잔심부름도 해야 하고요. 저잣거리를 혼자 다니실 수는 없지 않습니까."

관수의 얘기를 들은 김 생원이 피식 웃었다.

"날 따라다니면서 세상 돌아가는 구경을 할 속셈이구나. 네속을 내가 모를 줄 알았더냐."

김 생원과 관수가 데리고 진고개에 도달할 무렵에는 벌써 해가 떨어져 짙은 어둠이 내려앉고 있었다. 다행히 보름달이 높이 떠 길을 걷는 데는 별 어려움이 없었다.

때맞춰 비가 적당히 내리고 바람이 고르게 분다는 뜻으로,
농사짓기에 알맞게 기후가 순조로움을 이르는 말.

|

첫 취재,
첫 기사

　자초지종을 들은 김 생원의 부인은 정말 한 달에 쌀이 여덟
말이냐는 말만 몇 번이고 되물었다. 모처럼 단잠을 잔 김 생원
은 다음 날 아침 일찍 눈을 떴다. 관수가 떠다 준 물로 세수를 하
고 옷을 차려입은 김 생원은 싸리문 밖까지 아내의 배웅을 받았
다. 운종가 장통교에 도착한 김 생원은 주변을 둘러보다가 종이
가 잔뜩 내걸린 상점을 발견했다.
　"옳거니, 저기로구나."
　장통교를 건너간 김 생원은 상점 앞에 서서 헛기침을 했다.

마침 종이를 가지고 밖으로 나오던 점원이 굽실거렸다.

"종이를 사러 오셨습니까?"

"여기가 박춘의 상점이 맞느냐?"

점원이 대답하기 전에 2층의 창문이 벌컥 열리더니 박춘이 고개를 내밀었다.

"일찍 왔군. 안으로 올라오게."

종이가 잔뜩 쌓인 상점 안으로 들어가자 맞은편에 또 다른 문이 보였다. 문을 열고 나가자 사방이 창고로 된 마당이 나왔다. 김 생원의 눈이 휘둥그레졌다. 그런 김 생원에게 관수가 슬쩍 말했다.

"저쪽에 계단이 있습니다."

관수가 가리킨 오른쪽 창고 앞에 위로 올라가는 계단이 있었다. 계단 위에는 거적으로 가린 문이 보였는데 거기에 박춘이 서 있었다. 김 생원이 좁고 가파른 계단을 조심스럽게 올라오자 박춘이 옆으로 물러나면서 등을 두드렸다.

"어서 오게. 여기가 신문을 만드는 작업장일세."

관수와 함께 문 앞에 선 김 생원은 2층 작업장을 돌아봤다. 창문이 있는 길 쪽의 벽에는 넓은 탁자가 붙어 있고 커다란 나무 상자들과 자그마한 금속활자들, 그리고 잡다한 도구들이 보였다. 구석에는 사랑방에서 책을 올려놓을 때 쓰는 사방탁자가 하나 있었는데 그 위에 작은 항아리와 종이, 붓을 매달아 놓은 붓걸이가 놓여 있었다. 작업장 가운데에도 종이, 조약돌 들이 놓인 작은 탁자가 있었다. 안에 있는 사람은 모두 셋이었다. 한 명은 땅딸막한 키에 머리가 벗어진 노인이었다. 날씨가 제법 따뜻했는데도 개가죽으로 만든 조끼인 반비를 입고 있는 게 눈에 띄었다. 하얗게 센 짙은 눈썹과 딸기코를 한 노인은 무심한 눈으로 그를 바라봤다. 박춘이 노인을 바라보면서 말했다.

"저 사람은 황 노인일세. 기별서리로 오랫동안 일했지. 기별청에서 가져온 조보를 한문으로 옮기는 일을 하고 있어. 그리고 활자를 배열할 때 글씨를 불러 주는 일도 하는데 그걸 창준(唱準)이라고 하네."

소개를 받은 황 노인이 가만히 고개를 숙였다.

"처음 뵙겠습니다. 황가라고 부르십시오."

"연배가 있는데 어찌 그리 부를 수 있겠나. 황 노인이라고 부름세."

황 노인과 인사를 끝낸 김 생원은 벽 쪽에 있는 두 사내를 바라봤다. 그러고는 아무 말 없이 눈만 깜빡거렸다. 그 모습을 본 박춘이 껄껄거렸다.

"둘이 쌍둥이이니까 너무 놀라지 말게."

"눈이 이상해진 줄 알고 걱정했네."

"자세히 보면 좀 다르다네. 왼쪽에 있는 친구가 한림이고 그 옆은 성윤일세."

소개를 받은 두 사람은 나란히 합장을 했다. 떨떠름하게 쳐다본 김 생원에게 박춘이 덧붙였다.

"둘 다 환속한 스님일세. 원래는 사찰에서 활자로 책을 찍는 일을 했었지."

박춘의 얘기를 들은 한림이 나지막하게 말했다.

"어느 날 선비들이 몰려와서 사찰에 불을 지르는 바람에 오갈 데가 없었는데 박춘 어르신이 거두어 주셨죠."

"그, 그런 일이 있었군. 아무튼 만나서 반갑네."

잠시 어색한 분위기가 흐르자 박춘이 서둘러 끼어들었다.

"이제 올 때가 되었는데 말이야."

"누가?"

"꼬맹이."

박춘의 말이 끝나기가 무섭게 나무 계단이 삐그덕거리는 소리가 요란스럽게 들려왔다. 거적이 휙 들춰지면서 댕기 머리를 한 열 살 남짓한 어린아이가 들어왔다. 박춘이 혀를 찼다.

"왜 이제야 온 게야?"

그러자 콧물로 범벅이 된 채 숨을 몰아쉬며 아이가 등에 매고 있던 대나무통을 건넸다.

"승정원 주서 나리께 받자마자 숨도 안 쉬고 뛰어왔습니다."

건네받은 대나무통을 뒤집어서 안에 둥그렇게 말린 조보를 꺼낸 박춘이 아이의 머리를 마구 헝클었다.

"고생했다. 아래 내려가 잠깐 쉬어라."

"예."

꾸벅 인사를 한 아이가 돌아서자 박춘이 깜빡 잊었다는 듯 다시 불렀다.

"참, 여긴 오늘부터 같이 일할 선비님이시다. 인사 올려라."

그러자 만사 귀찮다는 표정으로 아이가 고개를 숙였다.

"처음 뵙겠습니다. 그냥 꼬맹이라고 불러 주십시오."

"만나서 반갑구나."

꼬맹이는 거적을 들추고 계단 아래로 사라졌다. 그사이, 조보를 건네받은 황 노인의 눈빛이 달라졌다. 황 노인은 작업장 가운데 있는 탁자에 조보를 펼쳐 놓고 모서리에 조약돌을 눌러놓은 후 붓을 집어 들었다. 그러고는 옆에 종이 한 장을 펼쳐 놓고 놀랄 만큼 빠른 속도로 글씨를 써 내려갔다. 초서체로 심하게 흘려 쓴 조보의 내용을 알아볼 수 있도록 새로 옮겨 적는 것이다. 어깨너머로 바라보던 김 생원은 보기와는 다른 노인의 빠르고 정확한 솜씨에 감탄했다.

옆에서 이를 지켜보던 박춘이 히죽 웃었다.

"대단하지? 기별서리로 20년 넘게 일해서 모르는 글씨도 없어. 거기다가 엄청 빨리 쓰지."

"저렇게 손이 빠른 도필리(刀筆吏)*는 처음 보네."

김 생원의 입에서 도필리라는 얘기가 나오자 빠르게 움직이던 황 노인의 손이 딱 멈췄다. 그리고 사나운 눈빛으로 그를 올려다봤다. 당황한 김 생원은 못 본 척 딴청을 피웠다. 숨 막힐 것 같은 상황은 황 노인이 다시 고개를 숙이고 붓을 움직이면서 끝났다. 한숨 돌린 김 생원이 박춘을 바라봤다. 박춘이 귀에 바짝 대고 속삭였다.

"자존심 하나로 먹고사는 노인네야. 기별서리를 때려치운 것도 그 때문이지. 자네도 유념하게."

"그, 그러지."

그때 황 노인이 붓을 잡은 손을 멈췄다. 그러자 박춘이 김 생원의 어깨를 가볍게 밀었다.

"황 노인이 쓴 걸 봐 주게."

"뭘 보란 말인가?"

"틀린 글씨가 있는지, 그리고 보기에 편한지도 봐 줘."

김 생원이 주춤주춤 다가가자 황 노인이 조보를 옮겨 적은

---

*   하급 관리들을 낮춰 부르는 말.

종이를 건넸다. 조심스럽게 펼친 김 생원은 천천히 읽어 보고는 박춘을 돌아봤다.

"과거를 본다는 내용을 제일 앞으로 옮기는 게 좋겠네. 양반들은 거기에 관심이 많거든. 평양에서 무과가 치러진다는 건 그 다음으로. 그리고 안동의 선비들이 올린 상소문과 법성포에서 해괴한 물고기가 잡혔다는 건 필요 없을 거 같아."

잠시 고민하던 박춘이 고개를 저었다.

"법성포는 조기가 잡히는 곳이야. 여기 어물전에는 중요한 소식이니까 맨 뒤에라도 넣도록 하지."

"그렇군. 오자는 여기 하나 법성포의 성(聖) 자 위쪽 오른쪽에 입 구(口) 자가 빠졌네."

종이를 넘겨받은 박춘이 흡족한 표정을 지었다.

"좋아. 시간 없으니까 바로 인쇄하도록 하지."

그러자 지켜보고 있던 쌍둥이들이 움직였다. 한림이 쇠로 만든 사각형 틀을 가져다가 벽 쪽에 붙은 탁자 가운데에 내려놨다. 그사이 성윤은 구석에 있던 작은 항아리를 들고 와서는 사각형 틀 안에 부었다. 김 생원 옆에서 지켜보던 관수가 중얼거렸다.

"밀랍이네요."

관수의 얘기를 들은 박춘이 고개를 끄덕였다.

"맞아. 저걸로 틀 안에 넣을 활자들을 고정시킬 거다."

"왜 그래야 하는 건가요?"

"높이를 맞춰야 나중에 종이에 찍을 때 글씨가 잘 찍힐 테니까."

관수와 박춘이 얘기를 주고받는 사이 성윤이 틀 안에 밀랍을 다 부었는지 항아리를 들고 물러났다. 그 옆에 금속활자가 든 나무 상자들을 나란히 놓은 한림이 황 노인에게 말했다.

"한 글자씩 불러 주세요."

한림의 얘기를 들은 황 노인은 종이를 펴고는 한 글자씩 또 박또박 읽어 내려갔다. 그러면 한림이 나무 상자를 뒤적거려서 거기에 맞는 금속활자를 찾아냈다. 그걸 건네받은 성윤은 밀랍을 부은 틀 안에 조심스럽게 올려놨다. 두 사람은 오랫동안 손발을 맞춰 온 듯 빠른 속도로 금속활자의 틀 안을 채워 나갔다.

그 광경을 지켜보던 박춘이 김 생원에게 슬쩍 말했다.

"저렇게 금속활자를 찾는 사람을 택자장(擇字匠)이라고 불러. 택자장이 건네준 활자를 끼워 넣고 수평을 맞추는 사람은 균자장(均字匠)이라고 부르고."

"신기하군."

김 생원과 박춘이 얘기를 주고받는 사이 거적이 들춰지는 소리가 들렸다. 고개를 돌린 관수는 아까 조보를 가져온 꼬맹이가 낑낑대면서 뜨거운 화로를 들고 오는 것을 봤다. 꼬맹이는 두 사람이 금속활자를 끼우고 있는 곳 옆에 화로를 내려놓고는 숨을 몰아쉬었다. 숯불이 은근히 타오르는 화로를 본 김 생원이 박춘에게 물었다.

"추위가 물러간 지 언제인데 화로는 왜?"

"사람이 쓸 건 아니네."

김 생원은 영문을 모르겠다는 표정으로 관수를 바라봤다. 하지만 관수 역시 뭔지 모르겠다는 표정을 지었다. 화로를 가져온 꼬맹이는 숨 돌릴 틈도 없이 벼루를 꺼내서 먹을 갈기 시작했다. 그사이 한림과 성윤이 틀 안에 들어갈 금속활자를 모두 채워 넣었다. 끝났다고 얘기한 두 사람은 금속활자가 채워진 틀을 번쩍 들어서는 화로 위에 조심스럽게 올려놨다. 그걸 본 관수가 김 생원에게 속삭였다.

"바닥에 깔린 밀랍을 녹일 모양입니다."

"그걸 왜 녹여?"

김 생원의 반문에 관수가 대답했다.

"밀랍을 녹여야 위에 올려놓은 금속활자의 높이를 맞출 수 있지 않겠습니까?"

관수의 말대로 성윤이 손잡이가 달린 작은 널빤지를 들고 와서는 밀랍 위에 놓인 금속활자들을 꾹꾹 눌렀다. 그러고는 삐뚤어진 금속활자들 사이에 종이 조각들을 끼워 맞춰 나갔다. 능숙한 솜씨로 일을 끝마친 두 명은 화로 위에 올려진 틀을 번쩍 들어서 탁자 위에 올려놓고 이리저리 살펴봤다. 그러더니 한림이 고개를 돌려서 박춘을 바라봤다.

"다 된 거 같습니다."

"그럼 일단 찍어 보게."

박춘의 대답에 성윤이 사방탁자에 쌓여 있는 종이 한 장을 집어 들면서 꼬맹이에게 말했다.

"먹물을 가져오너라."

내내 먹물을 갈고 있던 꼬맹이가 벌떡 일어나서 벼루를 가져왔다. 붓걸이에서 커다란 먹솔을 집어 든 한림이 먹물을 듬뿍 찍어서는 틀에 앉힌 금속활자 위에 골고루 발랐다. 먹물을 다바르고 난 후에 옆에서 지켜보던 성윤이 조심스럽게 종이를 덮은 다음 헝겊 뭉치 같은 걸로 천천히 눌렀다. 종이에 마치 꽃이 피듯 글씨가 떠올랐다. 평생 책을 읽었지만 어떻게 인쇄되는지 한 번도 본 적이 없던 김 생원은 눈을 떼지 못했다.

"저렇게 글씨를 찍는 것이었군."

"맞아. 과정이 좀 번거롭긴 하지만 손으로 베껴 쓰는 것과는 비교할 수 없을 정도로 많이 만들 수 있어."

"이제 다 끝난 건가?"

"아직, 교정을 봐야 해."

종이를 집어 든 성윤이 찍혀 있는 글씨를 쳐다보면서 한림과 애기를 나눴다. 손가락으로 종이의 모서리를 가리킨 한림과 애기를 마친 성윤이 박춘에게 말했다.

"아래쪽에 글씨 하나가 삐뚤어져 있습니다. 어찌할까요?"

"맞춰서 다시 찍게. 돈 받고 줄 물건에 하자가 있어서야 되겠나."

"알겠습니다."

성윤이 크게 접은 종이 조각을 한림에게 건네줬다. 틀 안에 꽂혀 있는 금속활자를 이리저리 살펴보던 한림은 신중하게 종이 조각을 틈 사이에 끼워 넣고는 막대기를 대고 이리저리 눌렀다. 마침내 흡족한 표정을 지은 한림이 아까처럼 먹솔에 먹을 듬뿍 묻힌 다음 금속활자 위에 발랐다. 그다음 성윤이 종이를 대고 헝겊 뭉치로 꾹꾹 눌러서 찍었다. 두 번째로 찍힌 종이의 글씨는 완벽했다. 박춘이 됐다고 애기하고는 박수를 크게 한 번 치자 작업장 안의 일꾼들이 일사불란하게 움직이기 시작했다. 한림과 성윤이 금속활자에 먹물을 묻히고 종이에 찍으면 황 노인은 먹물이 잘 마르도록 한 장씩 펼쳐 놨다. 꼬맹이는 계속 먹물을 갈아서 종이에 찍을 수 있도록 했다. 박춘은 먹물이 마른 종이 한 장을 펼쳐서 김 생원에게 보여 줬다. 제일 위쪽 한가운데에 굵은 글씨로 '한성일보'라고 적혀 있는 게 보였다.

"이게 바로 돈일세."

"신기한 일이로군. 이 종이가 돈이 된다니 말이야."

김 생원이 믿기지 않는다는 얼굴로 말하자 박춘이 자신만만하게 말했다.

"이건 그냥 종이가 아니야. 이 안에는 이 나라가 어찌 돌아가는지, 앞으로 뭘 해야 하는지에 대한 답이 적혀 있네. 사람들이 기꺼이 주머니를 열고 돈을 낼 만한 그런 이야기들 말이야. 자네가 할 일은 이 종이의 값어치를 더 높이는 일이야."

박춘이 얘기를 하는 사이에도 작업장의 일꾼들은 쉴 새 없이 신문을 찍어 냈다. 관수는 넋이 나간 표정으로 쌓이는 신문들을 바라봤다.

간단하게 주먹밥으로 점심을 해결한 김 생원은 작업장 주변이 삽시간에 사람들로 차는 걸 봤다. 박춘이 그 광경을 힐끔 보고는 김 생원에게 얘기했다.

"주인에게 신문을 가져다주려고 온 종들이야."

상점 안으로 들어온 종들은 꼬맹이가 접어 놓은 신문을 받은 다음 황 노인에게 작은 나무패를 하나 건넸다. 그런 식으로 종들이 신문과 나무패를 주고받는 것을 본 관수가 조심스럽게 박춘에게 물었다.

"나무패와 신문을 바꾸는군요."

"그래야지 몇 장을 가져갔는지 알 수 있잖아."

"얼마나 팔립니까?"

"네 주인을 먹여 살릴 만큼 많이."

자랑인지 조롱인지 모를 대답을 던진 박춘은 관수를 위아래로 훑어봤다.

"종치고는 눈썰미도 있고 똑똑하더구나."

"주인어른이 글을 가르쳐 주셨습니다."

"어디다 써먹을 거라고…… 쯧쯧."

혀를 찬 박춘이 황 노인 옆에 서서 신문을 가져가는 모습을 구경하던 김 생원에게 다가갔다.

"대충 어찌 돌아가는지는 알았지? 이제 나가서 신문에 들어갈 얘깃거리를 찾아오게."

"어, 어디서 말인가?"

김 생원의 물음에 박춘은 운종가를 가리켰다.

"저기에서."

"저, 저기에서 말인가?"

"그럼 잘 다녀오게."

구석에 쭈그리고 앉아서 주먹밥을 먹던 관수도 박춘에게 떠

밀리듯 나가는 김 생원을 잽싸게 뒤따랐다.

막상 거리에 나오기는 했지만 김 생원은 막막하기 그지없었
다. 그런 김 생원의 표정을 슬쩍 살펴본 관수가 입을 열었다.

"혹시 때려치우고 집으로 돌아갈 생각을 하고 계시는 거 아
닙니까?"

속마음을 들킨 김 생원이 얼른 대답했다.

"선비가 무릇 약속을 했으면 반드시 지켜야 하는 법이다."

"자꾸 집이 있는 남산 쪽을 흘끔거리셔서요."

"잠시 생각을 하느라 먼 산을 보았을 뿐이다."

"그럼 다행입니다."

"그런데 어디로 가서 무슨 얘깃거리를 찾아야 할지 고민이
구나."

"잘 생각해 보십시오."

관수가 심드렁하게 대꾸하자 김 생원이 넌지시 말했다.

"밥벌이를 못 하면 마님이 너부터 팔아 버리겠다고 하더구
나. 아랫마을 박 영감이 진작부터 널 노리고 있는 건 알고 있겠
지?"

"그 술도가* 말입니까?"

관수가 펄쩍 뛰자 김 생원이 히죽 웃었다.

"그래, 일을 할 젊은 남자 종을 찾는다고……."

힘든 일이라면 질색인 관수가 김 생원의 말이 끝나기도 전에 얼른 말했다.

"제가 앞장서겠습니다."

"시장 구경하면서 천천히 움직이자꾸나."

느긋해진 김 생원이 천천히 걷는 와중에 관수는 계속 주변을 두리번거리면서 신문에 쓸 이야깃거리를 찾았다. 흐리멍덩한 김 생원이 자칫 이 일을 못 하게 되면 정말로 팔려 갈지도 몰랐기 때문이다. 박 영감네 술도가*에서 일하는 동갑내기 남자 종은 해 뜰 때부터 해 질 때까지 하루 종일 쉴 틈이 없다고 했다. 관수는 마른침을 삼키면서 주변을 돌아봤다. 하지만 어떤 이야깃거리를 가져가야 박춘이 만족할지는 알 수 없었다. 고민에 빠져 있느라 미처 앞을 보지 못한 관수는 지나가는 사람과 어깨가 부딪히고 말았다. 지게를 짊어진 상대방은 어깨를 감싸 안은 채화를 냈다.

"어딜 보고 다니는 거야!"

못 본 건 서로 똑같지 않느냐고 속으로 생각했지만 이럴 때는 무조건 잘못했다고 하는 게 낫다는 걸 아는 관수는 뒤통수를

---

*   술을 만들어 도매로 파는 집.

긁적거리며 굽신거렸다.

"정말 죄송합니다."

그러나 깡마르고 검게 탄 나무꾼은 아랑곳하지 않고 관수에게 삿대질을 했다.

"나무꾼한테 어깨가 얼마나 중요한지 알아!"

"잘못했습니다."

관수가 연거푸 잘못했다고 말하는 사이 운종가 구경을 하느라 뒤처졌던 김 생원이 나타났다. 기세등등하던 지게꾼은 한눈에 봐도 양반인 김 생원을 보고는 얼른 허리를 숙였다.

"웬 소란이냐?"

"저놈이 제 어깨를 쳤습니다요."

"일부러 쳤을 리는 없지 않은가?"

김 생원이 짐짓 꾸짖는 목소리로 얘기하자 지게꾼은 울상이 된 채 말했다.

"가뜩이나 어깨가 아파서 한증소에 가려고 하는데 아픈 델 또 부딪혀서 그랬습니다."

"한증소에 가면 아픈 어깨가 나을 수 있단 말이냐?"

"그렇고말고요. 거기 가서 땀을 쫙 빼고 나면 온몸이 개운해집니다. 가끔 한증소에서 사람들이 죽어 나간다는 소문이 돌고 있어서 걱정이긴 해도 우리 형편에 의원을 다닐 수도 없으니 그저 한증소만 한 데가 없습니다요."

"사람이 죽다니요?"

옆에서 듣던 관수가 끼어들자 지게꾼이 말을 이어 갔다.

"한증소에서 연기를 쐬면 죽는다고 해서 말이다. 그래서 안
가려고 했는데 이놈의 어깨가 끊어질 것 같아서 죽더라도 일단
가 볼 생각이다."

얘기를 마친 지게꾼이 한쪽 어깨를 부여잡은 채 가던 길을
갔다. 지게꾼의 뒷모습을 보던 김 생원과 관수는 서로의 얼굴을
쳐다봤다. 김 생원이 먼저 입을 열었다.

"어찌 생각하느냐?"

"한증소라면 도성의 백성들이 꽤 가는 곳 아닙니까?"

"나는 안 가봤지만 양반들 중에도 가 봤다는 사람이 제법 있
지."

"양반 체면에 아랫것들이랑 같이 한증을 받을 수 있겠습니
까?"

"양반 체면이 중요하긴 하지만 몸이 안 좋은데 침으로도 낫
지 않으면 가 볼 수밖에."

"신문에 쓸 만한 일인지 한번 알아 보는 게 좋겠습니다."

관수가 부추기자 김 생원도 흥미가 끌리는 표정으로 대답
했다.

"활인서[*]가 있는 연희방^{**}에 가 봐야겠다."

활인서에 도착하자 운종가에서 본 것과는 다른 사람들이 보였다. 하나같이 헐벗고 굶주린 티가 역력한 사람들이었다. 그들이 향한 곳을 따라가자 활인서라는 현판을 달고 있는 문이 나왔다. 앞장서 가던 관수가 김 생원을 돌아보면서 말했다.

"저긴가 봅니다."

"어서 들어가 보자."

관수는 대문을 지나 활인서 안으로 들어갔다. 기와집과 초가집이 몇 채 보였고, 거적이 깔린 뜰에는 어딘가 아파 보이는 사람들이 쭈그리고 앉아 있었다. 어디선가 약을 달이는지 매캐한 탕약 냄새가 관수의 코끝을 스치고 지나갔다.

"여기 오니까 멀쩡하던 몸도 아파 옵니다."

관수의 불평에 김 생원이 고개를 끄덕거렸다.

"그러게 말이다."

두 사람이 서서 얘기를 나누자 지나가던 의관이 말을 붙였다.

"어떻게 오셨습니까?"

---

*   의료에 관한 일을 맡아보던 관아.

**   오늘날의 서울시 마포구 일대.

오기는 했지만 막상 뭘 할지 몰랐던 김 생원 대신 관수가 얼른 나섰다.

"한증소를 좀 보려고 왔는데요."

대답을 들은 의관이 뒷문 너머를 가리키면서 대답했다.

"한증소는 저 뒤에 있습니다만, 양반들이 쓰는 곳은 여기가 아니라 다른 곳에 있습니다."

"그냥 둘러보러 오신 겁니다."

대충 둘러댄 관수는 김 생원을 끌고 활인서의 뒷문으로 나갔다. 뒷문 밖으로는 담장이 둘러진 넓은 공간이 나왔는데 사람들이 꽤 많이 모여 있었다. 사람들의 차림새를 본 김 생원은 당장 혀를 차면서 눈을 돌렸다.

"어이쿠."

관수가 보기에도 모여 있는 사람들의 차림새는 꽤 민망했다. 눈살을 찌푸린 관수가 김 생원에게 물었다.

"왜 다들 홀랑 벗고 있거나 거적만 두르고 있는 거죠?"

"낸들 알겠냐. 아직 여름도 아닌데 뭐 하는 짓인지 모르겠구나."

괴상한 옷차림의 사람들이 바라보고 있는 곳에는 돌로 만든 움집 같은 것이 있었다. 지붕은 초가집처럼 이엉을 얹었고, 돌 틈은 진흙을 발라서 메웠다. 널빤지로 만든 입구는 어른이 기어

들어가야 할 정도로 좁았는데 입구는 거적으로 가려 놨다. 근처
는 사람들이 빼곡하게 모여 있어서 제대로 볼 수 없었다. 결국
관수와 김 생원은 사람들 곁으로 갔다. 거적을 뒤집어쓴 채 입
구 근처에서 서성거리던 깡마른 노인 하나가 관수를 돌아보면
서 신경질적으로 말했다.

"들어가려면 줄을 서라. 다들 아까부터 기다리고 있었으니까
말이다."

관수는 일부러 해맑은 웃음을 지어 보이면서 대꾸했다.

"신기한 게 있다고 해서 구경 와 봤어요."

"하긴 나도 처음엔 구경하러 왔다가 이렇게 다니게 되었지."

"정말 효과가 좋아요?"

"좋지. 몸이 허하고 아파 올 기미가 보이면 바로 여기로 오지.
저기서 시원하게 땀을 빼면 그렇게 개운할 수가 없단다."

노인은 이빨이 몽땅 빠진 앙상한 잇몸을 드러내면서 웃었다.
아까 지게꾼에게서 들은 얘기와 달라 의아해진 관수가 재차 물
었다.

"한증소에 왔던 환자들이 몇 명 죽었다고 하던데요."

"누가 그런 얼토당토않은 소리를 해!"

노인이 버럭 화를 내자 사람들이 일제히 돌아봤다. 당황한
관수가 재빨리 얼버무렸다.

"그냥 소문이 돌아서 여쭤본 것뿐이에요. 여기 한증소는 누가 운영하는 건가요?"

"활인서에서 운영하는 거고, 일은 스님들이 다 하지."

"스님들이요?"

뜻밖의 얘기를 듣고 놀란 관수의 반문에 노인은 턱으로 한증소를 가리켰다.

"그럼! 지금도 안에서 불을 피우고 계시는걸."

노인의 말이 끝나자마자 한증소 안에서 승복 차림의 스님이 거적을 들추고 나왔다. 한 손에 새끼줄을 움켜쥔 채 온몸이 땀에 젖은 스님은 기다리고 있던 사람들에게 말했다.

"자! 이제 안으로 들어가십시오."

그러자 사람들이 일제히 한증소 안으로 들어가기 위해 법석을 피웠다. 관수와 말을 나누던 노인도 냉큼 그들 틈에 끼었다. 사람들이 한증소 안으로 들어가는 모습을 지켜보던 스님은 손에 쥔 새끼줄을 조심스럽게 당겼다. 그걸 지켜보던 관수가 김 생원에게 물었다.

"뭘 하는 걸까요?"

"글쎄다."

스님의 새끼줄에 끌려나온 것은 활활 타오르고 있는 화로였다. 스님이 끌고 나온 화로는 활인서의 종들이 펼쳐 놓은 젖은

가마니 위에서 뒤집어졌다. 순식간에 하얀 연기들이 피어나면서 눈앞이 가려졌다. 스님은 한 손으로 한증소 입구의 거적을 들추고는 종들에게 외쳤다.

"힘껏 부치시게."

그러자 종들은 거적을 나눠 잡고 부채처럼 흔들어서 연기를 한증소 안으로 들여보냈다. 넋을 놓고 있던 관수에게 김 생원이 말했다.

"저렇게 연기를 쬐어서 치료를 하는 모양이다."

"연기를 쬔다고 몸이 좋아지겠습니까?"

"그냥 연기가 아니라 뜨거운 연기니까, 몸을 뜨겁게 하면 양기가 보충되면서 기운을 얻게 된단다."

"그럼 한증소에서 죽은 사람들은요?"

"체질이 안 맞았든지 아니면 다른 이유가 있겠지. 누구 물어볼 만한 사람이 있었으면 좋겠는데 말이다."

김 생원의 얘기에 관수는 한증소 안에서 화로를 들고나왔던 스님을 바라봤다.

"저 스님이 잘 알 거 같은데요."

"가서 물어봐야겠다."

두 사람이 다가가자 손으로 이마에 난 땀을 훔치던 스님이 돌아봤다. 김 생원과 비슷한 30대 중반의 나이에 턱이 다부지고 눈매가 매서워서 인상이 강인해 보였다. 공손히 합장을 하며 스님이 물었다.

"어서 오십시오. 처음 오신 분들 같습니다만……."

소심한 성격의 김 생원이 눈만 껌뻑거리면서 입을 열 기미를 보이지 않자 관수가 재빨리 나섰다.

"주인님께서 고향에 한증소를 세우고 싶어 하셔서 둘러보러 오셨습니다."

관수의 얘기를 들은 스님이 김 생원을 향해 말했다.

"아, 그러시군요. 한증승 보현이라고 합니다."

"기, 김 생원이오. 저 안에서 화로에 불을 피웠던 것이오?"

강인해 보이는 인상과 달리 따뜻한 미소를 지은 보현 스님이 대답했다.

"그렇습니다. 뒤쪽에 새로 짓는 한증소가 있습니다. 둘러보시면서 말씀 나누시죠."

얘기를 마친 보현 스님이 앞장서고 두 사람이 뒤를 따랐다. 한증소 옆쪽으로 작은 골목길이 있었고, 거길 지나자 아까만큼은 아니지만 제법 넓은 공터가 보였다. 공터 한복판에는 일꾼들 몇 명이 바닥을 다지는 중이었다. 옆에는 물을 부어서 개어 놓은 진흙과 크고 작은 돌덩이가 쌓여 있었다. 그 광경을 본 김 생원이 물었다.

"한증소를 새로 짓는 중인가 봅니다."

"예. 쓰고자 하는 사람들이 많아서 더 짓고 있습니다. 이곳은 여인들이 쓸 곳입니다."

"여인들이 말이오?"

"그렇습니다. 몸에 기가 허하기로는 음기가 강한 여인들이 더하지 않겠습니까? 허나 한증은 옷을 모두 벗어야 하니까 남자와 함께할 수는 없지요."

보현 스님의 설명을 듣던 관수가 끼어들었다.

"아까 보니까 한증소를 돌로 만들었던데 나무로 만드는 게 더 쉽지 않아요?"

"안 그래도 처음에는 나무로 지은 한증목실을 썼단다. 하지만 나무로 만들면 틈새로 증기가 다 빠져나가 버리는데다 빨리 썩어서 매년 새로 지어야 했지. 그래서 지을 때 좀 힘들더라도 돌로 짓고 증기가 빠져나가지 않도록 틈에다가 진흙을 바른단다. 그리고 여기 한증소에는 새로운 걸 하나 더 지을 거다."

"뭔데요?"

관수의 물음에 보현 스님이 빙그레 웃으면서 얘기했다.

"석탕자라고 들어 봤느냐?"

"아뇨."

"저쪽에 있으니 보면서 얘기하자꾸나."

다시 발걸음을 옮긴 보현 스님이 새로 만드는 한증소 쪽으로 발걸음을 옮겼다. 그러자 돌무더기에 가려져서 보이지 않던 것이 눈에 들어왔다.

"이건 뭔가요?"

가까이 다가간 관수가 손으로 만져 보면서 묻자 보현 스님이 대답했다.

"이게 바로 석탕자란다. 돌로 만든 욕조지."

"욕조요?"

"그래. 여기에 뜨거운 물을 붓고 사람이 들어가서 몸을 씻는 거지."

"그러면 몸에 더 좋나요?"

"그렇다마다. 증기를 쬐는 것만큼이나 도움이 된단다. 지난번 한증소를 지을 때 만들고 싶었는데 비용이 부족해서 만들지 못했다가 이번에는 나라의 도움을 받아 만들 수 있었지."

관수와 보현 스님이 한창 얘기를 나누는 것을 듣고 있던 김 생원이 끼어들었다.

"그런데 한증소는 어째서 스님들이 운영하는 것이오?"

"저도 자세한 연유는 모르겠습니다. 다만 사람을 돌보는 일이라 그랬던 거 같습니다. 아무래도 부처님을 모시는 저희들이 이 일에 적당하다고 생각하신 모양입니다."

"관청에서 승려가 일하는 게 낯설어 보입니다만……."

"한증소만 운영하는 것이 아니라 시신을 묻어 주고 명복을 빌어 주는 일도 합니다. 매골승이라고 하는데 혹시 아시는지요."

"아랫마을에 돌림병으로 일가족이 죽었을 때 묻어 주러 온 걸 본 적 있소이다."

"본래 열 명의 매골승이 있었는데 얼마 전에 몇 명을 더 뽑았습니다. 죽은 사람들을 수습하는 일을 하지요. 우리 한증승들은 살아 있는 사람들을 돌보는 역할을 하고 있고 말입니다."

"한증소를 운영하는 비용은 어디서 나오는 것이오?"

"감사하게도 전부 나라에서 대 주고 있습니다. 그것이 너무 민망해서 얼마 전에 한증승들이 단체로 상소를 올렸지요. 나라에서 곡식만 내려 주면 그것을 밑천 삼아 운영하여 비용을 충당하겠다고 말입니다."

"듣자 하니 한증소에 왔다가 죽어 나가는 사람들이 있다 하더이다."

김 생원의 질문에 보현 스님은 헛기침을 하고는 대답했다.

"안 그래도 그런 소문이 돌아서 오지 못하는 환자들이 있다고 들었습니다. 조정에서도 그 일 때문에 의원을 따로 보내서 살펴보고 간 적이 있습니다."

"병을 고치러 온 환자들이 오히려 죽고 말았으니 괴이한 일이 아니겠습니까?"

"저도 참으로 안타깝고 민망하게 생각합니다. 본래 한증이라는 것은 기가 허한 사람이 써야만 효과를 볼 수 있는데 몸이 아프다고 하면 앞뒤 안 가리고 오는 경우가 많습니다."

"그런 사람들은 한증을 하지 못하게 말려야 하지 않겠습니까?"

김 생원의 날카로운 반문에 보현 스님이 깊은 한숨을 쉬었다.

"하지만 가난한 백성들은 병이 들면 의원을 찾아가서 약방문을 얻는 것조차 힘이 듭니다. 그러니 지푸라기라도 잡는 심정으로 이곳에 옵니다. 한증소는 무료라서 말입니다."

"그렇다면 어떤 사람들이 이용해야 하고 어떤 사람이 피해야 하는지를 널리 알리는 것도 방법이겠군요."

"맞습니다. 감기 기운이 있거나 몸이 좀 피곤하고 기가 허해진 분들은 한증소를 이용하면 효과가 있었습니다. 반면에 속이 안 좋거나 종기가 있는 분들은 한증소에 오면 안 됩니다. 그리고 너무 나이가 많은 분이 한증소에 들어갔다가 졸도하는 경우가 있습니다."

보현 스님과 김 생원의 얘기를 들은 관수는 먹먹한 기분이 들었다. 사실 주인이 있는 종들은 먹고사는 문제에 크게 얽매이지 않았다. 어쨌든 주인의 보살핌을 받을 수 있는데다가 나라에 세금을 내거나 부역을 할 필요가 없었기 때문이다. 거기다 주인 인 김 생원은 딱히 나쁜 사람도 아니었다. 오히려 병으로 일찍 죽은 아들을 생각해서 그런지 글도 가르쳐 줬었다. 하지만 가난 한 백성들이나 주인의 보살핌을 받지 못하는 종들의 삶은 비참 하기 그지없었다. 울컥해진 관수가 저도 모르게 입을 열었다.

"죽을 줄 알면서 오는 사람도 있겠군요."

갑작스러운 질문에 보현 스님은 잠시 눈을 감고 침묵을 지켰 다. 그러고는 눈을 뜨고 차분한 목소리로 얘기했다.

"흥덕사라는 절에서 있었던 일이다. 사월 초파일에 연등회를 열었는데 사람들이 정말 구름처럼 몰려들었단다. 그런데 사찰 로 올라오는 돌계단에 늙은 어머니와 아들이 나란히 손을 잡고 엎드려서 사람들에게 밟혀 죽은 일이 벌어졌지."

"대체 왜 그런 짓을……."

"사는 게 너무 힘들어서 죽을 결심을 했던 거 같다. 그나마 사 찰에 와서 죽으면 극락에 갈 것이라고 믿어서 그랬던 모양이 다."

보현 스님은 덤덤한 표정으로 이어 얘기했다.

"그 일을 겪고 나서 한양으로 와 한증승 노릇을 하고 있단다. 절에서 부처님을 모시며 수행하는 것도 중요하지만 사람들을 살리는 것이 내가 해야 할 일이라는 생각이 들었다."

　보현 스님의 사연을 들은 관수는 할 말을 잊었다. 김 생원도 마찬가지였는지 침묵을 지키자 보현 스님이 물었다.

　"말씀을 들어 보니 보통 분은 아니신 거 같고, 무슨 일을 하시는지 여쭤봐도 되겠습니까?"

　김 생원이 머뭇거리자 관수가 재빨리 대답했다.

　"기자십니다."

　"기자요?"

　보현 스님의 반문에 김 생원이 낮은 목소리로 대답했다.

　"맞소이다. 조보를 인쇄해서 파는 신문인 한성일보에서 일하는 기자요. 신문에 실어 널리 알릴 만한 일을 찾아다니다가 여기까지 오게 된 것이외다."

　"오늘 귀한 손님이 올 것 같았습니다. 아무쪼록 잘 부탁드립니다."

　합장을 한 보현 스님이 돌아서서 한증소 쪽으로 걸어갔다. 그 모습을 지켜보던 관수에게 김 생원이 말했다.

　"이제 돌아가서 글을 써야겠다."

　"그 글을 본 사람들이 한증소를 제대로 이용했으면 좋겠습니다."

　김 생원은 말없이 관수의 어깨를 토닥였다.

한성에는 가난하고 병든 백성들을 구료하기 위한 활인서가 있소이다. 활인서에는 스님들이 운영하는 한증소라는 것이 있는데 뜨거운 증기를 몸에 쐬도록 하여 병을 치료해 주는 곳이외다. 그래서 많은 백성이 와서 사용하는데 종종 죽는 사례가 발생해서 한증소에만 가면 죽는다는 소문이 시중에 도는 중이오. 조정에서도 몇 번 의원을 보내서 조사했는데 한증소에 오면 안 되는 사람들이 와서 무리하게 증기를 쐬다가 사고가 벌어진 것이오. 한증소는 감기 기운이 있거나 기가 허해진 사람들이 오면 효과가 좋지만 속병이 있거나 나이가 많은 사람들이 가면 위험하다고 한증승 보현 스님이 얘기했소이다. 그러니 신문을 읽는 분들은 물론이고 주변의 일가친척들과 동리 사람들에게 꼭 얘기를 해 주었으면 하오. 또한 보현 스님의 말에 따르면 조만간 여인들만 따로 들어갈 수 있는 한증소를 만든다고 하니 많은 이용 바라오.

천려일실千慮一失

천 번을 생각하고 한 일이라도 한 번 실수는 있는 법이라는 뜻으로,
아무리 슬기로운 사람이라도 여러 가지 생각 가운데에
잘못되는 것이 있을 수 있음을 이르는 말.

|

활인서
아이들

박춘이 한증소에 관해 쓴 글이 적힌 한성일보를 들여다보며
말했다.

"그렇지. 내가 원한 게 바로 이런 걸세."

김 생원은 대수롭지 않다는 표정으로 대꾸했다.

"이 정도 가지고 뭘."

두 사람이 얘기를 나누는 와중에도 작업장은 바쁘게 돌아갔
다. 김 생원을 따라온 관수도 꼬맹이와 함께 인쇄된 신문을 펼
쳐서 먹물을 말리는 일을 도왔다. 탁자에 널어놓기에는 너무 많

아서 새끼줄을 빨랫줄처럼 걸어 놓고 거기에 신문을 매달아서 말려야만 했다. 김 생원이 한증소에 관해서 쓴 글은 한성일보의 제일 앞면에 실렸다. 다른 신문들이 승정원에서 발행하는 조보를 그대로 베낀 것과는 확연히 달랐기 때문에 사람들의 반응이 좋았다. 후발 주자였던 한성일보가 단숨에 사람들의 눈길을 끌게 된 것이다. 미소를 띤 박춘이 김 생원에게 말했다.

"앞으로가 중요하네. 장사꾼들은 무엇이 되었든 잘된다 싶은 일은 바로 따라하거든."

"그런가?"

김 생원의 물음에 박춘이 고개를 끄덕거렸다.

"얼마 안 가서 다른 신문들도 우리랑 비슷하게 만들 거야."

"그럼 우린 어떻게 해야 하는데?"

"다른 신문들이 생각하지 못한 얘기들을 실어야지. 자네만 믿겠네."

"어허, 그것 참."

신문 말리는 일을 하던 관수는 떨떠름한 김 생원의 대답에 씩 웃었다. 평생 책만 끼고 살았던 주인은 어떤 책임을 지는 것을 굉장히 무서워했다. 그런데 이렇게 기대를 한 몸에 받게 되었으니 속마음이 어떨지 짐작이 갔다. 그걸 생각하면서 킥킥 웃자 옆에 있던 꼬맹이가 물었다.

"뭐가 그렇게 웃겨요?"

"그냥 주인어른은 이런 일에 익숙하지 않아서 속으로 굉장히 당황하고 있을 거야."

"보아하니 별 볼 일 없이 무늬만 양반인 것 같은데 그럼 뭘 해 먹고살았던 건데요?"

"뭘 하긴, 안주인 마님이 삯바느질을 했지. 글공부를 하던 중간에 자리 짜는 일을 하긴 했지만 평생 일과는 거리가 멀었어."

관수의 얘기를 들은 꼬맹이가 고개를 들어서 박춘과 얘기하는 김 생원의 뒷모습을 지켜봤다.

"부럽네요."

"뭐가?"

"일을 안 하고도 먹고살 걱정을 안 하잖아요. 전 걸음마를 뗄 때부터 지금껏 죽어라 일만 했어요."

관수는 김 생원을 바라보는 꼬맹이의 눈길에서 부러움과 질투를 한꺼번에 느꼈다. 겨우 열 살밖에 안 된 아이가 어쩌다 이렇게 세상 물정에 찌들어 버렸는지 궁금했다.

"근데 넌 언제부터 여기서 일한 거야?"

"이 년 전 여덟 살 때부터요. 춘이 아저씨가 고아원에서 절 데려오셨어요."

"고아원?"

관수의 물음에 꼬맹이가 대답했다.

"네. 지난번에 가셨던 활인서 옆에 있는 거예요. 저처럼 부모를 잃은 아이들을 맡아서 길러 주고 있어요."

"그런 게 있었구나? 근데 왜 모아서 기르는 거야?"

"처음에는 활인서에서 일하는 여자 종들한테 나눠 보내서 기르라고 했대요. 그런데 다들 살림살이가 형편없어서 제대로 돌보지 못하니까 아예 모아서 양육하는 걸로 나라에서 정했다고 하더라고요."

"너도 거기에서 자랐구나."

"세 살인가 네 살 때부터요. 밖에서 놀다가 길을 잃었는지 아니면…… 어쨌든 그때부터 거기서 자랐어요."

관수는 꼬맹이가 어떤 얘기를 하려다 말았는지 어렵지 않게 짐작할 수 있었다. 관수가 있는 남산골 아랫마을에서는 흉년이 들면 아이들을 버리는 집이 종종 있었다. 김 생원은 그런 얘기를 접할 때마다 짐승만도 못한 것들이라면서 혀를 찼지만 관수는 충분히 이해했다. 먹고사는 문제는 도리나 학문보다 수백 배는 더 사람을 옥죄는 것이기 때문이었다.

"거기 있다가 여기로 온 거니?"

관수의 물음에 꼬맹이가 고개를 끄덕거렸다.

"보통은 일고여덟 살쯤에 누군가 데려가요. 전 체격이 작아서 좀 늦은 나이에 춘이 아저씨가 데려왔고요."

"자식처럼 기를 사람이 데려가겠지?"

"아뇨. 종으로 부려 먹으려고 데려가는 거예요."

꼬맹이의 대답에 놀란 관수가 저도 모르게 목소리를 높였다.

"뭐라고?"

관수의 목소리에 얘기를 나누던 박춘과 김 생원이 돌아봤다. 관수는 두 사람의 시선이 떠나자마자 꼬맹이에게 물었다.

"그게 사실이야?"

"저도 몰랐는데 수창이 형이 알려 줬어요."

"누구?"

"여리꾼 곽수창이요. 그 형이랑 저랑 거기 같이 있다가 양부모가 데려가면서 헤어졌어요. 양부모에게 얘기해서 저까지 데려갈 거니까 꼭 기다리라고 했거든요. 그런데……."

꼬맹이가 말끝을 흐리자 관수가 물었다.

"어떻게 되었는데?"

"일 년 만에 도망쳐 왔어요. 양자로 삼는다고 데려간 건 핑계고 죽도록 일만 시키고 툭하면 매질을 했다면서 상처가 잔뜩 난 등을 보여 줬어요. 그래서 저도 누가 자식처럼 키울 아이를 데려간다고 하면 일부러 병신 흉내를 내면서 버텼다가 여기로 온 거예요."

"원래 그러면 안 되는 거 아냐?"

"잘 모르겠어요. 근데 누가 피붙이도 아닌 애들을 데려다가 기르겠어요. 종으로 부려 먹으려고 그러는 거죠. 수창이 형도 그렇게 얘기했어요."

"맙소사. 멀쩡한 양인 집안의 자식이 노비가 되어 버리는 거네."

"멀쩡하긴요. 먹고살기 힘들어서 자식까지 버렸는데요."

꼬맹이의 퉁명스러운 대답에 관수가 눈살을 찌푸렸다.

"아무리 그래도 아이를 데려다가 그럴 수는 없어."

"그렇게 따지면 저는 운이 좋네요. 춘이 아저씨가 저를 노비로 삼지는 않는다고 하셨거든요."

"왜?"

"양인을 노비로 삼을 수는 없다고 말씀하셨어요."

관수는 꼬맹이의 얘기를 듣고 돈만 밝히는 줄 알았던 박춘의 새로운 면모를 보게 되었다. 아무튼 꼬맹이의 얘기에 흥미를 느낀 관수가 물었다.

"여리꾼 곽수창을 만나려면 어디로 가야 해?"

"낮에 시간이 남으면 항상 혜정교 다리 근처에서 놀아요. 다리 아래 사는 거지패들이랑 친하거든요."

"고맙다. 잠깐 나갔다 올게."

밖으로 나온 관수는 혜정교 쪽으로 걸어갔다. 다행히 다리 초입에 곽수창이 여리꾼 동료와 얘기를 나누는 것이 보였다. 관수가 다가가자 여리꾼 동료가 곽수창에게 관수를 가리켰다. 곽수창이 관수를 향해 돌아섰다.

"어디서 봤더라?"

"얼마 전에 나랑 주인어른 앞에 나타났잖아."

관수의 말을 들은 곽수창이 생각난다는 표정을 지었다.

"아하! 남산골 샌님을 따라다니는 몸종이었구나. 이름이 뭐야?"

"관수라고 해."

"그래, 관수야. 무슨 일인데?"

"물어볼 게 있어서. 활인서 고아원 출신이라고 들었어."

고아원이라는 얘기를 들은 곽수창의 표정이 확 일그러졌다.

"생각만 해도 짜증나는 곳이야."

"거기 있는 아이들을 사람들이 자식처럼 양육한다고 데려가는데 사실은 종으로 부린다는 얘기를 들어서 말이야."

"그게 사실이냐고 물으러 온 거야? 왜?"

"우리 주인님이 기자거든."

"그게 뭔데?"

"신문에 글 쓰는 사람."

관수의 설명에 곽수창이 고개를 끄덕거렸다.

"한성일보라는 신문에 글을 쓰는 선비가 있다는 얘기는 들었어. 그 사람이 네 주인이었구나."

"맞아."

고개를 끄덕거린 관수의 대답에 곽수창이 혜정교의 난간에 걸터앉으면서 팔짱을 끼었다.

"기자 나리의 종이 왜 그런 일로 날 찾아왔을까?"

"궁금해서. 우리 생원 나리는 세상에는 정해진 법칙이 있고, 사람들이 그걸 잘 따라서 태평성대가 계속된다고 했거든."

"양반들은 종놈들을 괴롭혀서 자기 배를 채우고, 장사꾼들은 손님들을 등쳐 먹는 걸 자랑으로 여기고 있어. 썩어 빠진 관리들은 뇌물을 받고 세곡을 빼돌리는 게 벌건 대낮에 일어나는데 태평성대는 무슨! 말도 안 되는 소리야."

어처구니없다는 듯 말을 내뱉은 곽수창이 바닥에 침을 뱉었다.

"그 얘기가 맞는지 확인해 보고 싶어서 왔어."

"종놈으로 써먹는다는 얘기? 그걸 감지덕지해 하면서 좋아하는 놈들도 있긴 하지만 난 일 년 만에 깨닫고 뛰쳐나왔어. 남들은 여리꾼이라고 비웃지만 살면서 이렇게 마음 편한 날은 없었지."

"어떻게 그런 일이 일어나는 거지?"

관수의 말에 곽수창이 키득거렸다.

"어떻게 일어나긴, 활인서에서 눈감아 주면 그만이지. 우리 같이 부모 없는 자식들을 누가 신경이나 쓸 것 같아?"

더 할 말이 없어진 관수는 알겠다는 말을 남기고 돌아섰다. 그런 관수를 바라보던 곽수창이 외쳤다.

"남산골이 이 세상의 전부는 아니라고, 진짜 세상을 알고 싶으면 날 찾아와."

관수는 곽수창의 말을 뒤로한 채 작업장으로 돌아왔다. 때마침 박춘과 얘기를 끝내고 어정쩡하게 서 있던 김 생원이 보였다. 얼른 옆으로 다가간 그가 말했다.

"이제 나가셔야죠."

"그, 그래야지. 어디서 또 이야깃거리를 찾아야 할지 걱정이네."

"고아원에 한번 가 보시는 건 어떨까요?"

"고아원이라……."

"길을 잃거나 버려진 아이들을 활인서에서 돌보는 곳이라고 합니다. 혹시 신문을 보는 사람 중에 자식을 잃은 부모들이 있을지도 모르잖습니까."

관수의 설득에 곰곰이 생각하던 김 생원이 대답했다.

"지난번에 한증소였으니 이번에 고아원을 살펴보는 것도 나쁘지 않겠지. 어서 가자꾸나."

고아원은 활인서 옆에 붙어 있었다. 싸리로 만든 야트막한 담장이 이어졌고, 작은 텃밭 너머에 세 칸짜리 초가집이 보였다. 대청은 보이지 않고 쪽마루로 쭉 이어져 있었다. 제일 오른쪽은 부엌인지 옆에 야트막한 굴뚝이 붙어 있었다. 현판 같은 것은 없었지만 주변에 아이들이 있었기 때문에 어렵지 않게 파악할 수 있었다. 관수는 뛰어노는 아이들을 바라보면서 생각에 잠겼다. 노비에게 부모는 아무 소용이 없는 존재였다. 주인이 곧 부모나 다름없었으니까 말이다. 하지만 그럴수록 부모가 그리워질 수밖에 없었다. 관수는 눈시울이 뜨거워져 연신 눈을 깜빡거렸다. 그런 관수를 바라보고 있던 김 생원이 물었다.

"부모가 보고 싶으냐?"

"이제 얼굴도 기억나지 않습니다."

잔뜩 가라앉은 관수의 대답에 김 생원이 조심스럽게 고개를 끄덕거렸다.

"알겠다. 이제 가서 저들을 만나보자꾸나."

관수가 싸리문을 열고 안으로 들어가자 마당에서 뛰어놀던 아이들이 일제히 돌아봤다. 생각보다는 잘 먹는지 모두 혈색이 좋았고, 입고 있는 옷도 남루하지 않았다. 소란스럽게 뛰어놀던 아이들이 조용해지자 부엌에서 머리에 수건을 쓴 여인이 고개를 내밀었다.

"누구십니까?"

그녀의 물음에 김 생원이 헛기침을 하고는 대답했다.

"조카가 여기 있다는 소문을 듣고 왔네."

"그러신가요? 이름이 어찌 됩니까?"

"아직 어려서 이름은 없고, 올해 네 살쯤 된 사내아이네."

관수의 얘기를 들은 여인이 마당의 아이들을 살펴보고는 대답했다.

"사내아이는 저 애들이 전부입니다. 천천히 살펴보십시오."

"그리하겠네."

김 생원과 관수는 아이들을 살펴보는 척하면서 얘기를 나눌 만한 사람을 찾아봤다. 아무것도 모르는 아이들은 낯선 어른들 곁에 스스럼없이 다가왔다. 그 모습을 본 김 생원이 조용히 말했다.

"정에 굶주린 모양이구나."

"그런가 봅니다. 다행히 먹고 입는 것들은 크게 어렵지 않은 듯합니다."

두 사람이 얘기를 주고받는 사이 싸리문을 열고 남자 한 명이 들어섰다. 땅딸막한 키에 광대뼈가 툭 튀어나와서 사나운 인상을 주었다. 하급 관리가 입는 녹색 도포를 입은 것으로 봐서는 서리(書吏)[*] 같다고 판단한 김 생원이 목에 힘을 주면서 말을 건넸다.

"활인서에서 일하는 구실아치인가?"

김 생원의 물음에 상대방은 본능적으로 굽실거렸다. 비록 남루하긴 하지만 갓과 도포 차림에 누가 봐도 선비처럼 보였으니 함부로 대할 수 없었던 것이다.

"그렇습니다. 안종복이라고 하옵니다. 뉘신지요?"

"남산골에 사는 김 생원이라고 하네. 안동에 사는 조카가 한양에 왔다가 잃어버린 아들이 여기에 있다는 서찰을 보내와서 온 것일세."

"그러셨습니까? 안 그래도 고아들을 모아 기르는 것이 바로 그런 목적 때문입니다."

"하긴 한군데 모아 놓으니까 찾기는 쉽겠구먼."

"올봄에도 아이를 잃은 부모가 와서 데려간 적이 있습지요. 아이들을 살펴보셨습니까?"

"찾아봤는데 안 보이네. 여기 있는 아이들이 전부인가?"

"네. 예전에는 활인서에 딸린 노비들에게 한 명씩 나눠 기르

---

[*]   말단 행정 실무를 맡아보던 구실아치.

게 하여 한 번에 찾아보기 어려웠지만 지금은 모두 모아 기릅니다. 그러니 여기 없으면 없는 겁니다."

안종복의 설명을 들은 김 생원이 짐짓 낙담한 표정을 지었다. 그걸 옆에서 본 관수는 순진하기 이를 데 없던 김 생원이 너무나 자연스럽게 상대방을 속여 넘기자 속으로 놀랐다.

말없이 서 있던 김 생원은 갑자기 한 손으로 무릎을 움켜잡으면서 주춤주춤 뒤로 물러났다. 놀란 관수가 얼른 부축해 주자 김 생원은 한쪽 팔을 허우적거리면서 쪽마루에 걸터앉았다.

"아이고, 또 무릎이 말썽이구만. 잠깐 앉아 있다 가겠네."

"그러시지요. 방이 따뜻한데 잠시 누웠다 가시겠습니까?"

"아닐세. 잠깐 앉아 있으면 나아질 거야. 그런데 여기 온돌방도 있나?"

김 생원의 물음에 안종복이 가운데 방을 손가락으로 가리키면서 말했다.

"부엌 옆방을 온돌로 만들었습니다. 아직 어린 아이들이라 찬 곳에서 자면 몸이 상한다고 해서 지을 때 신경을 제법 썼습지요."

"이게 다 나라님이 백성들을 자식처럼 생각해 주신 덕분이 아닌가."

"그렇습지요. 곡식이랑 장작도 잊지 않고 내려 주셔서 아이들이 굶지 않고 지내고 있습니다."

"그래 보이더군. 여기 아이들은 누가 돌보는 건가?"

"활인서의 노비들 중에 남녀 한 명씩을 뽑아서 돌보게 합니다. 아이들을 잘 돌보는지 제조(提調)* 어르신이 각별히 신경을 쓰고 계십니다."

"참으로 다행이군. 아이들은 어쩌다가 여기로 오게 되었나?"

김 생원의 물음에 안종복이 대답했다.

"먹고살기 힘든 부모들이 입을 줄이려고 버리는 거지요. 여기 오면 최소한 밥은 안 굶는다는 걸 알고 있으니까요."

"그러면 언제까지 여기서 키우는 건가? 다 자랄 때까지 보살피는 것인가?"

"그럴 리가요. 대략 열 살쯤 되면 자기 갈 길을 찾아서 내보냅니다. 그쯤이면 일꾼으로 쓰기에 충분하니까 데려간다고 하는 사람들이 제법 되지요. 그전에도 어린아이들을 데려가는 사람들이 좀 있습니다."

"데려가서 자식처럼 키우는 것인가?"

아무것도 모르는 척 김 생원이 묻자 안종복이 뛰어노는 애들을 바라보면서 입을 열었다.

---

* 조선 시대 각 관청의 우두머리들을 지칭한다.

"어릴 때 데려가서 몇 년간 먹이고 키우면 나중에 노비로 삼을 수가 있답니다. 생원 어르신도 하나 데려가시지요."

"그러다가 나중에 양인의 자식인 게 밝혀지면 어쩌려고! 양인을 데려다가 노비로 삼는 것은 나라에서 엄하게 금하고 있네."

김 생원의 얘기를 들은 안종복이 피식 웃었다.

"맞는 말씀입니다요. 하지만 부모가 버린 자식들입니다. 나중에 찾아올 리가 없답니다. 정 불안하시면 진휼청(賑恤廳)*에서 입양을 한다는 문기(文記)**를 만드시지요. 그러면 나중에 친부모가 찾아와도 돈을 내서 사지 않는 한 돌려주지 않아도 됩니다."

안종복이 김 생원에게 넌지시 건넨 얘기를 들은 관수는 충격을 받았다. 양인일지 모르는 아이들을 관리가 대놓고 노비로 삼으라고 권유했기 때문이다.

김 생원 역시 내색을 하지는 않았지만 놀라기는 마찬가지였다. 애써 태연한 척한 김 생원은 무릎을 주먹으로 두드리면서 대답했다.

---

* 굶주린 백성들을 돌보는 업무를 맡았던 관청.
** 집이나 땅 혹은 기타 권리를 증명하는 문서.

"이제 무릎이 좀 나아졌군. 자네가 한 얘기는 돌아가서 깊이 생각해 보겠네."

"결심이 서면 언제든 찾아오십시오. 튼튼하고 일을 잘하는 아이들로 골라 드리겠습니다."

"그러겠네."

관수의 부축을 받으며 일어난 김 생원은 안종복의 배웅을 받으며 고아원을 빠져나왔다. 길에 나오자마자 허리를 편 김 생원이 거칠게 말을 내뱉었다.

"고얀 놈! 나라의 녹을 먹는 자가 양인을 노비로 만드는 일에 앞장서다니……."

옆에서 따라가던 관수가 조심스럽게 말을 건넸다.

"신문에 이 사실을 실으면 이런 일이 없어질 겁니다."

"당연하지! 나라님께서 고아원을 만들어서 길을 잃은 아이들을 거둔 것은 딱한 처지가 안타까워 돌봐 주신 거다. 그런데 멀쩡한 양인의 자식들을 노비로 삼게 만들다니 참으로 괴이한 일이야."

"맞습니다. 어서 글을 써서 널리 알려야 합니다. 그래서 잘못된 걸 바로잡아야지요."

"그러자꾸나. 어서 가자. 내일 아침 인쇄할 때 찍을 수 있게 지금 바로 글을 써 놓아야겠다."

신이 난 관수는 김 생원을 앞질러서 운종가에 있는 박춘의 작업장으로 향했다. 때마침 박춘이 일꾼들을 시켜서 상점의 처마에 한성일보의 현판을 다는 중이었다. 잠깐 인사를 나눈 김 생원은 곧장 2층의 작업장으로 올라갔다. 벽에 붙은 탁자 앞에 나란히 서서 인쇄에 사용한 금속활자를 닦고 있던 한림과 성윤이 발자국 소리를 듣고는 돌아봤다. 가볍게 고개를 숙인 한림이 물었다.

"이 시간에 어쩐 일이십니까?"

"글을 써 놓고 가려고 잠시 들렀네. 내일 아침에 신문을 인쇄할 때 제일 먼저 넣어 주게."

"알겠습니다."

한림이 대답하고는 몸을 돌려 하던 일을 계속했다.

관수는 얼른 붓걸이에서 적당한 붓을 찾아서 건네고 벼루에 살짝 물을 붓고 먹을 갈았다.

종이 한 장을 쭉 펼친 김 생원이 글귀를 잠시 생각하고는 붓을 들어 벼루의 먹물을 찍은 다음 단숨에 글씨를 적어 내려갔다.

+ 한성일보 정축년 4월 초여드레

구료 기관인 활인서에는 길을 잃거나 부모에게 버려진 아이들을 맡아서 길러 주는 고아원이 있소이다. 그곳에서 지내는 아이들은 부모를 찾아가거나 혹은 새로운 양부모를 만나면 고아원을 떠나게 되어 있다오. 그런데 자식으로 키우지 않고 노비로 삼기 위해 데려가는 사람들이 많다는 소문이 돌고 있소. 무릇 고아원에 온 아이들은 모두 양인의 자식이 분명한데 노비로 삼는다니 이것은 해괴망측하기 그지없는 일이외다. 또한 양인을 함부로 노비로 삼지 못하게 하는 지엄한 국법에도 어긋나는 짓이오. 그러니 딴마음을 먹고 고아원의 아이를 데려간 사람들은 얼른 마음을 고쳐먹기 바라오. 안 그러면 국법에 의해서 처벌을 면치 못할 것이외다.

"어떠냐?"

자신의 글이 적힌 종이를 바라보던 김 생원이 묻자 관수는 신이 난 목소리로 말했다.

"참으로 멋지십니다!"

"이제 딴마음을 먹고 아이들을 데려가는 일은 없어질 것이다. 선비라면 마땅히 잘못된 일을 바로잡기 위해서 기꺼이 붓을 들어야지."

흐뭇한 표정을 지은 김 생원은 붓을 내려놓으면서 한림과 성윤에게 말했다.

"그럼 이만 가 보겠네. 수고들 하게."

두 사람의 인사를 받은 김 생원은 느긋한 표정으로 박춘의 상점을 나왔다. 신이 난 관수도 어깨를 들썩거리면서 뒤를 따랐다.

어머니 제사였기 때문에 하루 쉰 김 생원과 관수는 다음 날 박춘의 상점으로 향했다. 두 사람이 도착했을 때 상점 입구에 쪼그리고 앉아 있던 꼬맹이가 벌떡 일어났다. 관수가 알은체를 하기 위해 손을 들자 꼬맹이가 잽싸게 달려와서는 소매를 잡아 끌었다.

"조용히 따라와요."

"왜?"

"얼른요."

관수는 영문도 모른 채 꼬맹이의 손에 이끌려 뒷문 쪽으로 갔다. 창고와 연결된 뒷문 옆에는 거적으로 가려 놓은 토방(土房)*같은 곳이 있었다. 꼬맹이는 두 사람을 안에 들어가게 하고는 거적을 당겨서 앞을 가렸다. 관수가 꼬맹이에게 물었다.

"대체 무슨 일인데 이러는 거야?"

꼬맹이가 미처 대답도 하기 전에 누군가 2층 작업장의 계단을 내려오는 소리가 들렸다. 위쪽을 힐끔 본 꼬맹이가 냉큼 토

---

* 바닥이 흙으로 마무리된 방으로 머슴방이라고도 불렸다.

방 안으로 들어와서는 손으로 조용히 하라는 신호를 보냈다. 관수와 김 생원은 영문도 모른 채 입을 다물고 토방의 벽에 바짝 붙어서 몸을 숨겼다. 거적을 살짝 들춘 관수는 계단을 내려와서 마당에 발을 디딘 사람을 바라봤다. 관수의 어깨를 툭툭 친 김 생원이 궁금해서 못 견디겠다는 목소리로 물었다.

"누구냐?"

"활인서 구실아치 안종복입니다."

"그자가 여긴 왜?"

"저도 잘 모르겠습니다."

두 사람이 낮은 목소리로 얘기를 주고받는 걸 들은 꼬맹이가 조용히 하라는 손짓을 했다. 안종복은 뒤따라 내려온 박춘에게 쏘아붙였다.

"어떻게 책임질 거요?

"책임을 지다니요. 내가 뭘 책임져야 합니까."

박춘이 반박하자 안종복이 목소리를 높였다.

"당신 신문 덕분에 활인서가 쑥대밭이 되었다고 말하지 않았소!"

"그런 억지가 어디 있습니까? 신문에 나온 내용 중에 틀린 게 있습니까? 잘못된 걸 잘못되었다고 얘기한 것뿐이오!"

"천한 장사치 주제에 관리를 능멸하려고 들다니!"

"이보시오! 나도 한때는 학당에서 과거 공부를 하던 사람이오! 우리가 잘못한 게 있으면 송사*를 하시구려."

"뭣이라! 고얀 놈 같으니라고."

고래고래 소리를 지른 안종복이 상점을 떠났다. 안종복이 사라지자 멍하니 서서 지켜보던 박춘이 세 사람이 숨어 있던 토방쪽을 쳐다보면서 말했다.

"갔으니까 나와."

박춘의 얘기가 끝나자마자 허겁지겁 튀어나온 김 생원이 물었다.

"대체 무슨 일인가?"

"무슨 일이긴! 신문에 실린 글을 보고 항의하러 온 거지."

박춘의 얘기를 들은 김 생원이 떨떠름한 표정을 지은 채 침묵을 지키자 관수가 물었다.

"있는 그대로 얘기했는데 왜요?"

"세상일이라는 게 순리대로만 돌아가지는 않는다. 고아원이 지금 난리가 났다고 하더구나."

"왜요?"

"직접 가서 봐라."

---

* 관부에 호소하여 판결을 구하는 일.

박춘이 휙 돌아섰다.

관수는 활인서를 향해 달려갔다. 숨을 헐떡거리면서 도착한 관수의 눈에 보인 것은 아수라장이었다. 얼추 수십 명은 넘는 아이들이 고아원 주변에 득실거렸고, 양부모로 보이는 어른들과 활인서의 관리들이 입씨름을 하는 중이었다. 활인서의 관리들은 도로 데려가라고 하는 반면, 어른들은 나중에 무슨 문제가 생길지 모르니 데리고 갈 수 없다고 목청을 높이는 중이었다. 어른들의 싸움에 휘말린 아이들은 우두커니 서 있거나 바닥에 앉아서 주변의 눈치를 보는 중이었다. 몇 명은 울음을 터트렸지만 아무도 신경 쓰지 않았다. 넋이 나간 관수는 양손으로 머리카락을 움켜쥔 채 중얼거렸다.

"이게 대체 무슨 일이지?"

그때 그의 어깨에 누군가의 손이 얹어졌다. 놀라서 돌아보니 착잡한 얼굴의 김 생원이 보였다.

"신문에 실린 이야기를 보고 겁이 난 사람들이 아이들을 도로 데려온 모양이구나."

"왜요? 그 이야기는 앞으로 나쁜 마음을 먹고 고아원의 아이들을 데려가지 말라는 뜻이잖아요."

관수의 반발에 김 생원은 깊은 한숨을 쉬었다.

"나도 그렇게 생각해서 글을 썼단다. 하지만 그걸 본 사람들이 자기들에게 해가 될까 아이들을 다시 이곳으로 데려온 모양이다."

김 생원이 얘기를 하는 순간에도 어른들의 악다구니는 계속되었다. 활인서 관리의 손을 뿌리치고 돌아선 어른에게 아이가 매달렸다. 하지만 어른은 매정한 얼굴로 뿌리치고는 뒤도 돌아보지 않고 가 버렸다. 애써 눈물을 참던 아이는 결국 울음을 터트리고 말았다.

"이러려고 그랬던 건 아닌데……."

"좋은 의도로 한 일이 반드시 좋은 결과로 이어지는 건 아니라는 것을 나도 놓쳤구나."

"그럼 어찌해야 합니까?"

"조심하고 또 조심해야지. 내가 하기로 한 것이 정말로 옳은 일인지 아니면 내 고집에 불과한지 말이다. 나도 이번 일로 많이 배웠으니 너도 잊지 말거라."

관수는 아무 대답도 못 한 채 고아원을 바라봤다. 가족이라고 믿었던 이들과 갑작스럽게 떨어진 아이들의 울음소리가 아프게 들려왔다.

일어탁수 一魚濁水
물고기 한 마리가 맑은 물을 흐린다는 뜻으로,
한 사람의 잘못으로 인하여 여러 사람이
피해를 입게 됨을 이르는 말.

|

장사의
법도

고아원 소동이 벌어지고 한 달가량은 조용히 지나갔다. 김 생원은 최대한 조심스럽게 글을 썼다. 신문을 찾는 사람들이 늘어나면서 한성일보는 나날이 번창해 갔다. 박춘은 지물전 옆 상점을 사들여서 신문사를 옮겼다. 번거롭게 2층으로 오르락내리락하지 않아도 되었다면서 일꾼들 모두 좋아했다. 김 생원에게도 글을 쓸 수 있는 방이 따로 주어졌다. 방이라고 해 봤자 바닥이 흙인 토방에 글을 쓸 수 있는 책상과 의자가 전부였지만 남는 시간에 눈치 안 보고 글공부를 할 수 있어서 김 생원은 더없이 흡족해했다.

여느 때처럼 책상에 앉아서 글을 쓰던 김 생원을 지켜보던 관수는 문이 열리는 소리에 고개를 돌렸다. 박춘이었다. 가볍게 눈인사를 한 박춘은 구석에 있는 의자를 들어다가 김 생원의 맞은편에 앉았다.

"이야깃거리가 하나 있는데 말이야."

관수에게 붓을 건넨 김 생원이 물었다

"어떤 건가?"

"자네 사빙고(私氷庫)라고 들어 봤나?"

"얼음 저장하는 데?"

"맞네. 자네도 아는군."

"겨울에 경강(京江)*에서 얼음을 떼는 거랑 장빙제(藏氷祭)** 를 지내는 걸 본 적이 있지."

관수는 먹을 갈면서 두 사람의 얘기에 귀를 기울였다.

"맞아. 민간에서도 빙고를 만들어서 얼음을 팔곤 하지. 그걸 사빙고라고 하고 그걸 운영하는 사람을 장빙업자라고 부르네."

"자기들이 얼음을 캐서 보관하는 건가?"

---

*   지금의 한강을 일컫는다.
**   한겨울에 얼음을 캐서 빙고에 넣기 전에 지내는 제사.

"아니, 얼음을 캐는 일을 하는 사람들은 빙계(氷契)라는 것을 따로 조직해. 그러니까 빙계에서 얼음을 캐서 장빙업자들이 운영하는 빙고에 넣어 주는 것이지."

"그렇게 돌아가는군."

"겨울철이야 거들떠도 안 보는 얼음이지만 여름에는 그야말로 부르는 게 값이라네."

"그 정도인 줄은 몰랐어. 더울 때 시원한 개울물에 발을 담그면 더위를 쫓는 데 그만이거든."

김 생원의 얘기를 들은 박춘이 피식 웃었다.

"그거야 자네 같은 사람 얘기고 고기나 생선을 여름에 싱싱하게 보관하려면 얼음이 있어야 한단 말이야."

"그 얼음들이 다 빙고에서 온단 말인가?"

"그렇다마다. 성균관 노비들이 소고기를 파는 현방(懸房)이며, 생선을 파는 어물전(魚物廛), 돼지고기를 파는 저육전(猪肉廛)에서는 얼음이 계속 필요해. 그뿐만이 아니라 최근 부쩍 늘어난 빙어선(氷魚船)도 얼음이 있어야만 해."

"빙어선은 또 뭔가?"

"배에 얼음을 싣고 가서 생선을 잡는 어선들을 말하네. 말리거나 소금에 절이는 것보다 싱싱한 상태로 가져오는 게 더 값을 많이 받을 수 있거든."

"자네 말대로라면 얼음이 꽤 많이 필요할 거 같은데."

"이를 말인가. 예전에는 나라에서 장빙군을 동원해 캔 얼음을 동빙고와 서빙고에 나눠서 보관했다가 관리들에게 주었다고 하더군. 요즘은 장사치들은 물론이고 뼈대 있는 양반 집안에서도 사사로이 빙고를 만들어. 마포 쪽에는 나무로 만든 목빙고는 물론이고 돌로 만든 석빙고가 수십 개라는군."

"그 정도인 줄은 몰랐네."

"여름철 한양의 고기랑 생선 값은 얼음 시세가 정한지 오래일세. 나도 신문을 만들기 전에는 빙고를 세울까 고민했던 적이 있었지."

박춘의 얘기를 들은 김 생원이 물었다.

"그런데 빙고는 왜?"

김 생원의 물음에 박춘이 얼굴을 찌푸리면서 대답했다.

"요즘 한양의 얼음값이 계속 오르고 있어. 보통은 한여름에 오르는데 아직 5월이잖아."

"벌써 값이 오른 이유는 뭔가?"

"모르겠어. 사실 얼음은 찬 바람이 불기 시작하면 쓸모가 없어져. 거기다 빙고에 잘 보관한다고 해도 시간이 지나면 녹아버리기 마련이거든. 필요한 양이 정해져 있기 때문에 한꺼번에 많이 풀면 오히려 값이 떨어지게 된다네."

"그러니까 아직 여름이 오지도 않은 지금 얼음값이 오르는 게 이상하다 이거군."

"맞아. 운종가에서 장사를 한 지 십 년째인데 올해 같은 경우는 처음일세. 신문을 보는 사람들 중에 궁금하다고 하는 이들이 많으니까 자네가 조사해서 알려 주면 어떨까 하네만."

"어, 어떻게 말인가? 장빙업자에게 찾아가 볼까?"

김 생원의 말에 박춘이 딱하다는 표정으로 바라봤다.

"운종가의 상인들이 이미 물어봤었네. 허나 다들 얼음이 없다고 거짓말을 하는 중일세. 빙고에는 자물쇠를 채워 놓고 있으면서 말이야. 내가 잘 아는 빙계 사람을 소개해 줄 테니 거기서부터 풀어 보게."

"아, 알겠네……. 내 한번 해 보겠네."

"마포 나루에 칠푼이집이라는 선술집이 있네. 거기 가서 장준만이라는 빙계 사람을 찾아가게. 내 소개로 왔다고 하면 돌아가는 사정을 들려줄 걸세. 그럼 나는 자네만 믿네."

얘기를 마친 박춘이 밖으로 나가자 김 생원이 중얼거렸다.

"가서 무슨 얘기를 듣고 어떻게 글을 쓰란 얘기야, 대체."

김 생원의 투덜거림을 들은 관수가 먹을 내려놓으면서 말했다.

"일단 가서 만나 보시죠."

한 달 동안 방에서 김 생원의 말동무를 해 주면서 먹을 갈던 관수는 오랜만에 바깥바람을 쐴 수 있는 기회를 놓치고 싶지 않았다. 관수의 부추김에 주저하던 김 생원이 마침내 의자에서 일어났다.

운종가의 서쪽 끝자락에 있는 돈의문을 나온 김 생원과 관수는 경기감영(京畿監營)* 앞에 있는 경교(京橋)**를 지났다. 사람들의 왕래가 많은 곳이라 그런지 한양의 운종가만큼이나 집들이 빽빽하게 들어차 있고 오가는 사람들도 많았다. 두 사람은 애오개를 넘어 마포 나루로 향했다. 관수는 강가에 수많은 배들이 모여 있는 걸 보고는 저도 모르게 감탄사를 날렸다.

"와! 배들이 진짜 많네요."

"저기는 경강 중에서도 서호(西湖)라고 부른단다. 삼남에서 올라온 세곡을 보관하는 경창들이 많고, 장사꾼들의 배들도 많이 올라오는 곳이라서 항상 북적거리지."

마포 나루에는 수많은 배들이 정박해 있어서 돛대들이 빽빽했다. 닻을 내린 배에서는 일꾼들이 쌀이나 공물을 짊어지고 뭍

---

* 경기도 관찰사가 머물면서 집무를 보던 공간.
** 돈의문 밖에 있던 다리.

으로 운반했다. 뭍에서는 쌓인 곡식들을 셈하고 수레에 싣는 일이 반복되었다. 창고에서 일하는 구실아치와 뱃사람들과 일꾼들이 어지럽게 뒤엉켜 있어서 운종가와 비할 바가 아니었다. 관수는 사람들 사이를 헤집고 가는 김 생원의 뒤를 겨우 따라갔다. 김 생원이 쌀가마니를 내려놓고 잠시 쉬는 일꾼에게 물었다.

"여기 칠푼이네가 어딘가?"

"저기 저쪽 객주 끼고 돌면 바로 나옵니다요."

일꾼이 알려 준 곳으로 걸어간 김 생원과 관수는 널빤지로 만든 담장에 종이 등을 내건 선술집을 발견했다.

"저긴가 봅니다."

"그런 거 같다. 어서 가 보자."

허름하고 야트막한 문을 열고 들어서자 왁자지껄한 소리가 들려왔다. 한양의 여느 선술집과 다를 바 없었지만 나장이나 별감 대신 일꾼들과 장사치들로 가득했다. 김 생원은 손님들 틈을 헤집고 들어가면서 큰 소리로 외쳤다.

"여기 혹시 장준만이라는 자가 있느냐!"

김 생원의 외침에 시끄럽던 선술집 안이 일시에 조용해졌다. 그리고 파도처럼 작은 웅성거림이 들려왔다. 잠시 후, 손님들을 헤치고 사내 한 명이 나타났다. 허름한 바지저고리 차림에 구멍이 숭숭 뚫린 낡은 조끼를 입고 있었다. 비교적 키가 큰 김 생원보다 머리 하나 정도 작은 체구였으나 검게 탄 얼굴이 억세 보였다. 김 생원을 올려다보며 사내가 입을 열었다.

"제가 장준만입니다. 어디서 오셨습니까?"

"김 생원이라고 하네. 박춘이 자네를 찾아가라고 하더군."

얘기를 들은 장준만이 주변을 살펴보고는 낮은 목소리로 말했다.

"안 그래도 기다리고 있었습니다. 따라오십시오."

두 사람은 장준만을 따라서 선술집의 뒷문으로 나왔다. 강가로 계속 걸어가던 장준만은 주변을 연신 두리번거리는 두 사람에게 말했다.

"여기 사람들은 한양 사람들과 생김새가 좀 다르게 생겼습니다. 그래서 강대 사람들이라고 따로 부르죠."

강가로 향한 장준만은 자그마한 움막으로 두 사람을 데리고 들어갔다.

"누추한 곳에 모셔서 죄송합니다. 보는 눈들이 많아 안심하고 얘기할 곳은 여기밖에 없습니다."

움막 특유의 눅눅한 냄새에 얼굴을 찌푸린 관수는 그나마 숨을 쉴 수 있는 입구 부근에 자리를 잡았다. 김 생원은 제일 안쪽에 놓인 짚으로 짠 방석 위에 앉았다. 김 생원도 냄새 때문인지 얼굴을 잔뜩 찌푸렸다. 가운데 자리를 잡고 앉은 장준만이 입을 열었다.

"부디 좋은 글을 써 주셔서 우리 빙계 사람들의 억울함을 풀어 주십시오."

"일단 전후 사정을 들어 보고 결정하겠네."

김 생원이 점잖게 얘기하자 장준만은 고개를 조아린 채 말했다.

"우리 빙계 사람들은 본래 장빙군이었습니다."

"나라에 얼음을 캐서 바치는 사람들 말이군."

"맞습니다. 강가에 살고 있어서 부역으로 얼음을 캐는 일을 했던 것이지요. 원래는 연호군(煙戶軍)*을 동원했는데 워낙 힘든 일이라 자연스럽게 강가의 백성들이 대대로 하게 되었습지요. 저희 집안이 몇 대째 장빙군 노릇을 하고 있습니다."

"장빙군으로 일하던 사람들이 빙계를 꾸린 건가?"

"예. 일을 계속하다 보니까 돈이 된다는 사실을 알게 되었습지요. 겨울에는 지천에 깔린 게 얼음이지만 여름에는 부르는 게 값이었답니다."

"그래서 빙계를 만들어 돈벌이에 나섰군."

"나라에서 시킨 일을 끝내면 따로 얼음을 캤습니다. 어차피

---

* 각 집안에서 부역에 나가는 장정들을 일컫는다.

얼음을 살 사람들은 줄을 섰으니까 말입니다."

"자네들이 캔 얼음을 사들인 게 사빙고를 가지고 있는 장빙업자들이 맞느냐?"

"그렇습니다. 얼음을 캐내는 거야 늘 하던 일이니까 별로 어렵지 않았습니다. 다만 여름까지 보관하는 건 쉬운 일이 아니었습니다. 빙고를 만드는 것도 큰일이지만 보관하는 내내 지켜봐야 하니까 말입니다."

"장빙업자들은 그게 가능했단 얘기로군."

김 생원의 물음에 장준만이 맞장구를 쳤다.

"맞습니다. 주로 경강의 객주 주인이거나 돈 많은 양반들이 사빙고를 만들었습니다. 여기 마포 나루만 해도 석빙고와 목빙고를 합치면 얼추 서른 개는 될 겁니다. 용산강과 동호 쪽까지 합하면 백 개는 넘습니다요."

"그러니까 자네들이 사사로이 캔 얼음을 장빙업자들에게 넘겨주면 그들이 여름까지 보관했다가 판다 이 말이군."

"예. 얼음 한 정당 얼마씩 값을 쳐주고 필요한 양을 주문하면 저희들이 캐서 빙고에 넣어 줍니다."

"일종의 동업인 셈이군. 그런데 왜 올해는 얼음값이 그렇게 뛰었고, 자네들은 억울하다고 얘기하는가?"

김 생원의 질문에 잠시 숨을 고르던 장준만이 눈을 껌뻑거리면서 입을 열었다.

"사빙고에 들어간 얼음 중 일부는 저희 것입니다."

"캐낸 값 대신인가?"

"그게 좀 복잡합니다. 원래는 열 정당 하나씩 우리가 쓸 수 있었는데 제 아버지 때부터 보관료를 내고 필요할 때 저희가 가져다 썼습니다."

"뭣 하러 그렇게 복잡하게 한 건가?"

"얼음 가격이 계속 널뛰기를 해서 말입니다. 한창 비쌀 때 팔아야 한 푼이라도 이득이 되는데 예전에는 장빙업자들이 5월에 우리 몫의 얼음을 가져가라고 해서 비쌀 때 팔 수 없었습니다."

"그래서 차라리 보관료를 내고 보관했다가 비싸게 팔 수 있는 여름에 꺼냈군."

김 생원의 얘기에 장준만이 고개를 끄덕거렸다.

"지난 이십 년간 쭉 그렇게 했는데 작년에 윤 생원이 다른 방법을 쓰자고 했습니다."

"윤 생원은 누군가?"

"아! 말씀을 안 드렸군요. 마포 나루에서 가장 많은 사빙고를 가지고 있는 장빙업자입니다. 원래 양반 집안인데 오래전부터 사빙고를 운영해 왔습지요."

장준만의 얘기를 들은 김 생원이 혀를 챘다.

"저런, 양반이 글공부를 해서 조정에 출사할 생각을 해야지 어찌 사사로이 이득을 취하려 장빙업자 노릇을 하는지 모르겠군."

"대대로 그 집안과 일을 해 왔는데 작년에 새로 일을 맡은 윤 생원이 물주 노릇을 하는 경강 상인 몇 명과 우리 마을을 찾아왔습니다요. 번거롭게 따로 보관료를 주고받지 말고 아예 보관한 얼음을 나누자고 말입니다."

"어떻게 말인가?"

"예전에 했던 대로 열 개당 하나씩 쳐주겠다고 했습니다. 대신 5월 말고 여름까지 쭉 보관을 해 줄 테니까 마음대로 갔다가 팔라고 말입니다. 사실 보관료를 한꺼번에 먼저 내는 게 부담스러웠고, 번거롭기도 해서 마을 사람들이랑 상의한 끝에 승낙을 했습니다."

"그러니까 자네들이 얼음을 캐서 사빙고에 보관했다가 필요할 때 쓰라 이 말이군."

김 생원의 물음에 장준만이 고개를 끄덕거렸다.

"듣고 보니 좋은 방법인 것 같아서 승낙을 하고 문기를 작성했습지요."

"그런데 그것과 얼음값이 오른 것과 무슨 연관이 있다는 얘긴가?"

"윤 생원이 약속과 다르게 얼음을 내주지 않고 있습니다요."

당장이라도 울 것 같은 장준만의 얘기에 김 생원이 반문했다.

"아니, 필요할 때 꺼내 쓰기로 하고 보관해 준다고 방금 얘기하지 않았는가?"

"저희도 당연히 그런 줄 알고 우리 몫의 얼음을 내 달라고 했습지요. 그런데 차일피일 미루면서 내주지 않지 뭡니까."

"저런, 문기까지 썼으면서……."

"처음에는 빙고의 문을 함부로 열 수 없다고 하다가 나중에는 계속 내 달라고 하니까 맡긴 얼음을 한꺼번에 가져가라고 억지를 부렸습니다. 사실 얼음은 빙고에서 나오면 금방 녹아 버리기 때문에 한꺼번에 꺼내 쓸 수가 없는 물건입지요. 그렇게 입씨름이 오가다가 얼음값이 갑자기 뛰기 시작하니까 한술 더 떠서 보관료를 내고 가져가라고 했습니다."

"얼음을 캐 준 대가로 보관해 준다고 했으면서 어찌 또 억지를 부릴까?"

"얼음값이 많이 올랐으니 그에 대한 값을 쳐주지 않으면 절대로 내주지 않겠다고 합니다요. 하도 억울해서 마을 사람들과 몰려가 사정을 해 봤지만 거들떠도 보지 않았습니다."

장준만의 얘기를 들은 김 생원이 혀를 찼다.

"딱하구면. 그렇게 버티면 문기를 가지고 한성부에 가 소송을 해서 얼음을 내놓으라고 해야지."

"소인도 그 생각을 하고 외지부(外知部)*를 찾아갔습니다요. 그런데 하는 말이 문기의 내용이 대단히 모호해서 송정에서 다툼을 벌이면 시일이 많이 소요된다 했습니다. 얼음이라는 게 여름에나 잘 팔리지 찬 바람이 불기 시작하면 팔리는 물건이 아닙니다."

김 생원은 장준만의 하소연을 듣고는 곰곰이 생각에 잠겼다. 움막 입구에 앉아서 두 사람의 얘기를 듣던 관수가 슬쩍 나섰다.

"빙계에게 얼음을 주기 싫어서 일부러 팔지 않은 듯합니다."

관수의 얘기에 김 생원이 고개를 저었다.

"얼음은 계절에 맞춰 팔지 않으면 안 되는 물건이다. 거기다 장사하는 자들은 눈앞의 이익을 외면하는 법이 없는데 얼음값이 이렇게 뛰었는데도 풀지 않은 걸 보면 다른 꿍꿍이가 있는 듯하다."

"거기다 장빙업자가 윤 생원만 있는 게 아닌데 어째서 얼음값이 치솟은 겁니까?"

관수의 의문은 장준만이 풀어 주었다.

---

* 관원은 아니지만 소송을 맡아보는 사람. 오늘날의 변호사와 유사하다.

"그게 윤 생원이 가진 빙고가 가장 많은데다가 다른 장빙업자들도 가격이 계속 오를 거 같아서 안 파는 거 같다. 들리는 소문에는 장빙업자들끼리 담합을 했다는구나."

"말씀하신 대로 얼음을 안 팔면 자기도 손해인데 왜 그런 짓을 할까요?"

"글쎄다. 장사치들 생각은 도통 알 수가 있어야지."

관수와 얘기를 나눈 장준만에게 김 생원이 말했다.

"괜찮다면 그 문기를 보여 줄 수 있겠나. 글을 쓰려면 눈으로 직접 확인해 봐야 해서 말이야."

김 생원의 물음에 장준만이 작게 접힌 종이를 품속에서 꺼냈다.

"여기 가져왔습니다."

장준만이 건넨 문기를 펼쳐서 천천히 살펴보던 김 생원이 입을 열었다.

"문구들이 대단히 애매모호하게 되어 있군."

"오랫동안 거래했던 집안이라 별다른 의심 없이 넘어갔습니다. 나리께서도 얼음을 깨는 걸 보신 적이 있다고 하셨지요."

"그렇다네."

"보기보다 어렵고 위험한 일입니다요. 일단 얼음을 캐낼 정도로 충분히 얼어 있다는 것은 날이 한창 춥다는 걸 뜻합니다.

그런 날씨에 칼바람이 부는 강 위에 서면 손발이 얼어붙고 정신까지 혼미해지기 일쑤지요."

장준만은 소나무 옹이보다 더 딱딱하고 거칠어 보이는 두 손을 보여 주면서 말을 이어 갔다.

"얼음이 두껍게 얼었다고 해도 어떤 곳은 쉽게 깨지는 곳이 있습니다. 거기다 얼음을 잘라 낸 곳에 빠지기라도 하면 온몸이 금방 얼어붙습니다. 얼음 위에 재와 칡넝쿨을 뿌려서 넘어지지 않도록 조심하지만 자칫 미끄러지기라도 해 넘어지면 팔다리가 부러지기 일쑤고, 심하면 머리가 깨지기도 합니다. 제 아버지도 그렇게 돌아가셨지요. 그나마 겨울에 그렇게 고생해서 얼음을 캐 놓으면 가족들을 굶기지는 않을 수 있어서 다들 고생을 마다하지 않았습니다."

관수는 장준만의 눈물 어린 호소에 가슴이 짠해 왔다.

"톱으로 얼음을 써는 일도 절대 쉽지 않습니다. 나무는 결이라도 있지만 얼음이라는 놈은 그렇지 않거든요. 거기다 단단한 얼음을 캐내야 한여름까지 녹지 않기 때문에 힘이 들 수밖에 없답니다. 잘라 낸 얼음을 끄집어내는 일도 결코 만만치 않습니다. 쇠갈고리로 찍어서 꺼내야 하는데 그러다가 물에 빠지는 일이 한두 번이 아니었습니다. 힘이 빠지면 못 나오는 사람도 종종 있었지요. 그렇게 목숨을 걸고 캐낸 얼음인데 이 지경이고 보니 혀라도 깨물고 죽고 싶은 심정입니다요."

문기를 다시 펼친 김 생원이 천천히 살펴보다가 장준만에게
말했다.

"여기 보면 얼음값이 시세의 세 배가 되면 빙계에서 맡긴 얼
음을 찾아갈 때 따로 보관료를 내야 한다고 나와 있네."

"저도 압니다. 하지만 얼음값이라는 게 아무리 뛰어도 시세
의 두 배 이상 오르기는 힘듭니다요. 말씀드렸다시피 가을만 되
면 더 이상 얼음이 필요 없어져서 말입니다."

"나도 그게 이상하네. 장빙업자들이 빙계와 척질 일이 없단
말이야. 거기다 시세가 엄청 올랐는데도 얼음을 풀지 않는다는
것도 이상하고 말일세."

"저희도 윤 생원의 속셈을 모르겠습니다요. 지푸라기라도 잡
는 심정으로 여기저기 알아보다가 누가 신문에 이 사실을 알려
보면 어떻겠냐고 해서 이리 연락을 하게 된 겁니다. 부디 불쌍
히 여기시고 저희들 좀 살려 주십시오."

"나에게는 누굴 죽이고 살릴 힘이 없네. 오직 사실 그대로를
신문에 실을 뿐이지. 일단 자네 사정을 잘 들었네. 윤 생원이라
는 자는 어디 가면 만날 수 있을까?"

"마포 나루가 잘 내려다보이는 언덕 위에 그놈의 집이 있습
니다. 돈의문에서 오는 길 중간에 곰처럼 생긴 바위가 있는 갈

림길에서 산 쪽으로 올라가면 중턱에 있습지요."

"얘기 잘 들었네."

몸을 일으킨 김 생원은 움막 바깥까지 따라 나와서 연신 굽실거리는 장준만을 뒤로한 채 발걸음을 옮겼다. 뒤따라온 관수가 물었다.

"윤 생원을 만나실 작정입니까?"

"한쪽 얘기만 들어서는 자세한 상황을 알 수 없는 법이지."

"문기 내용은 어떻습니까?"

"애매모호하게 되어 있어. 굳이 따지자면 윤 생원 쪽이 좀 유리할 거 같아. 송사를 벌인다고 해도 시간을 끌다 보면 빙계 사람들이 불리하지."

"왜요? 송사에서 이기고 얼음을 받으면 되잖아요."

관수의 물음에 길을 걷던 김 생원이 고개를 저었다.

"아까 시세의 세 배가 오르면 보관료를 내야 한다는 구절 아래 시세의 삼분지 일이 되면 얼음을 주지 않아도 된다는 구절이 있었단다. 만약 가을로 접어들어서 얼음값이 떨어지면 반대로 빙계에서는 얼음을 한 조각도 못 받아."

"어떻게 그런 식으로 약조를 했을까요?"

"빙계 사람들이 실리에 약하다는 걸 알고 압박을 했겠지. 거기다 장빙업자들 중에 가장 큰손이었으니 저항할 엄두도 내지 못했을 것이고 말이다. 명색이 생원까지 했으면서 가난한 백성들을 괴롭히다니……."

장준만이 가르쳐 준 대로 길을 따라가자 과연 산 중턱에 엄청난 크기의 기와집이 나타났다. 뒤로는 대나무 숲이 울창하고 긴 담장과 솟을대문을 가진 기와집을 본 김 생원과 관수는 입을 다물지 못했다.

"집이 어마어마합니다. 주인마님."

"이걸 다 얼음으로 벌었단 얘긴데, 정말 대단하군."

솟을대문 앞에 도착한 김 생원이 목청을 가다듬더니 큰 소리로 외쳤다.

"이리 오너라! 안에 아무도 없느냐?"

잠시 후 삐걱거리는 소리와 함께 대문이 살짝 열렸다. 푸른 두건을 쓴 남자 종이 고개를 빼꼼히 내민 채 김 생원에게 물었다.

"뉘신지요?"

"여기가 윤 생원 집이 맞느냐?"

"그렇습니다만 지금 집에 안 계십니다."

남자 종의 대답을 들은 김 생원은 도포의 소매에서 명함을 꺼내어 건넸다.

"주인이 돌아오면 이걸 전해 주어라."

"예, 알겠습니다요."

김 생원의 명함을 챙긴 남자 종이 서둘러 문을 닫았다. 빗장이 채워지는 소리를 듣고 돌아선 김 생원에게 관수가 말했다.

"윤 생원이 만나 줄까요?"

"일단 기다려 봐야지. 오늘 할 일은 끝났으니 돌아가자."

윤 생원으로부터 만나자는 연락이 온 것은 사흘 후였다. 한창 신문을 인쇄 중인 작업장으로 푸른색 도포 차림의 사내가 찾아온 것이다. 김 생원을 만난 사내는 고개를 꾸벅 숙였다.

"처음 뵙겠습니다. 소인은 윤 생원 댁 겸인(傔人)* 오순달이라고 합니다. 며칠 전에 집에 찾아오셨는데 마침 출타 중이셔서 연락이 늦었습니다. 주인님께서 지금 시간이 되신다고 하시니 저와 함께 가실 수 있으신지요."

"그리하겠네. 잠시 기다리면 출타할 준비를 하지."

"길이 멀어 가마와 가마꾼을 대령했습니다."

오순달의 얘기를 들은 김 생원이 호통을 쳤다.

"가마는 품계에 맞는 관리들만 탈 수 있느니라. 어찌 생원인 내가 타고 갈 수 있단 말이냐! 썩 돌려보내라."

서슬 퍼런 김 생원의 호통에 찔끔한 오순달이 죄송하다는 말

---

* 하인들 중의 우두머리로 청지기라고도 불린다.

을 남기고 밖으로 나갔다. 옆에서 지켜보던 관수는 잽싸게 새 짚신을 꺼내 들었다. 갓을 고쳐 쓴 김 생원이 밖으로 나서자 가 마와 가마꾼을 돌려보낸 오순달이 고개를 조아렸다.

"심려를 끼쳐 드려 죄송합니다. 따르시지요."

"집이라면 어딘지 알고 있네."

"집이 아니라 빙고로 모실 겁니다."

"빙고? 얼음을 보관하는 곳 말인가?"

"예. 지금 그곳에 계십니다. 따르시지요."

관수는 돌아서서 발걸음을 뗀 오순달의 뒷모습을 보며 김 생 원에게 말했다.

"무슨 꿍꿍이속일까요?"

"일단 가 보자꾸나."

뒷짐을 진 김 생원은 앞장선 오순달을 따라갔다. 돈의문을 지나 애오개를 넘은 일행은 마포 나루가 내려다보이는 야트막 한 언덕으로 향했다. 언덕 중턱에는 사람 허리 높이로 무언가 만들어진 것이 보였다. 언덕 아래에는 차일(遮日)*이 쳐져 있었 다. 차일 앞에 일꾼들이 지게로 가마니를 나르고 있었다. 그걸 본 관수가 물었다.

---

*   햇빛을 막기 위해 처 놓은 천막.

"쌀인가요?"

"가벼운 걸 보니 그건 아닌 거 같다."

가까이서 보니까 언덕 중턱에 있는 것은 잔디를 씌운 두꺼운 통나무였다. 옆에는 작은 굴뚝들이 보여서 마치 땅속에 집을 지어 놓은 것처럼 보였다. 오순달은 은은한 회색 도포를 입고 끈에 노란색 호박이 달린 갓을 쓴 선비 앞으로 두 사람을 데려갔다.

"김 생원을 모셔 왔습니다."

몇 걸음 떨어진 곳에서 그 얘기를 들은 김 생원이 관수에게 속삭였다.

"저자가 윤 생원인 모양이다."

오순달에게 얘기를 들은 윤 생원이 고개를 돌리자 관수는 저도 모르게 고개를 움츠렸다. 성큼성큼 다가온 윤 생원이 두툼한 손을 내밀었다.

"윤 생원이라고 합니다. 와 주셔서 감사합니다. 응당 찾아뵈어야 했지만 일이 너무 바빠서 말입니다."

"아닙니다. 불쑥 찾아간 무례에도 잊지 않고 이리 불러 주셔서 감사합니다."

서로 선선한 웃음과 예의 바른 얘기를 나눈 후에 갑작스럽게 침묵이 찾아왔다. 먼저 입을 연 사람은 윤 생원이었다.

"빙고를 보신 적이 없으시지요. 잠깐 둘러보시죠."

김 생원은 야트막하게 솟아올라 있는 언덕을 바라보면서 물었다.

"이게 빙고란 말입니까?"

"다른 빙고와 좀 다를 겁니다. 이쪽으로 오십시오."

윤 생원이 두 사람을 데리고 차일 너머로 향했다. 그러자 아까 위치에서는 보이지 않았던 출입구가 하나 보였다. 언덕을 따라 만들어진 빙고를 본 김 생원이 물었다.

"이건 목빙고인 모양입니다."

"지붕만 나무를 올렸고, 벽은 돌로 쌓았습니다."

"굳이 그렇게 하신 이유가 무엇입니까?"

"몇 년 동안 지켜보니 목빙고는 만들기는 편하지만 벽에 물기가 스며들어서 매년 새로 지어야 합니다. 나무 값이 몇 년째 계속 오르고 있어서 여긴 부담스럽지가 않았습니다. 반면 석빙고는 한 번 지으면 계속 쓸 수 있습니다만 얼음을 한꺼번에 넣고 빼기가 어렵습니다."

윤 생원의 설명을 들은 김 생원이 고개를 갸웃거렸다.

"그게 무슨 말씀이신지……."

"돌로 만든 석빙고는 출입문으로만 얼음을 넣었다 뺄 수 있습니다. 여름에 꺼내는 시간이 길어질수록 얼음이 빨리 녹아 버리는 일이 벌어지죠. 고민하다가 낸 결론은 석빙고와 목빙고를 섞어 보자는 것이었습니다. 벽은 돌로 쌓아서 계속 쓸 수 있게 하고 지붕은 나무를 쓰면 훨씬 수월하게 지을 수 있으니까요. 거기다 나무 지붕은 물기를 별로 안 먹어서 잘 말리면 그다음 해에 또 쓸 수 있답니다."

"벽을 돌로 쌓으면 출입구를 작게 만들 수밖에 없다고 하지 않았습니까?"

김 생원의 물음에 그는 씩 웃으면서 지붕처럼 씌워 놓은 통나무를 내려다봤다.

"지붕을 들어내고 꺼낼 겁니다."

"그래서 나무로 지붕을 만든 것이군요. 정말 대단합니다."

"과찬이십니다. 이쪽으로 오시지요."

출입구는 땅속으로 푹 파여 있었다. 계단을 성큼성큼 걸어 내려간 윤 생원이 나무로 만든 두툼한 문을 열었다. 삐걱거리는 소리와 함께 어둠과 냉기가 느껴지자 관수는 저도 모르게 몸을 살짝 떨었다. 그런 관수의 어깨를 토닥거려 준 김 생원이 빙고 안으로 들어섰다. 마른침을 삼킨 관수도 조심스럽게 빙고 안으로 들어갔다. 앞장선 윤 생원의 목소리가 침침하게 울려 퍼졌다.

"빙고 안이라 불을 켜지 못하는 걸 양해해 주십시오."

안으로 들어선 관수는 천장에 거의 닿을 정도로 높이 쌓인 얼음들을 보고는 입을 다물지 못했다. 바깥은 여름에 접어든 5월이라 제법 후덥지근했지만 빙고 안은 마치 겨울처럼 쌀쌀했고 가느다란 입김도 나왔다. 일정한 규격으로 잘린 얼음은 대나무를 엮어서 만든 받침대 위에 차곡차곡 쌓여 있었다. 층층이 쌓인 얼음들은 캄캄한 곳에서도 반짝거리는 빛을 잃지 않았다. 김 생원의 감탄사가 어둠 속에서 관수의 귀에 들려왔다.

"얼음 덕분에 어둡지가 않습니다그려."

"그래서 저는 얼음을 하얀 황금이라고 부릅니다."

두 사람이 대화를 나누는 사이 관수는 넋을 잃고 얼음을 바라봤다. 쌓인 얼음들 사이는 이끼로 채워져 있었고, 받침대 주변을 비롯한 바닥은 짚이 깔려 있었다. 바스락거리는 짚을 밟으며 어쩔 줄 몰라 하는 관수에게 윤 생원이 말했다.

"바닥에서 올라오는 지열을 막기 위해 깔아 둔 거란다."

얘기를 듣고 바닥을 살펴보던 관수는 마치 수로처럼 쭉 이어진 얕은 도랑을 발견했다.

"이건 뭔가요?"

"배수로. 얼음에서 녹은 물을 밖으로 내보내는 역할을 하지."

관수와 얘기를 나누던 윤 생원에게 김 생원이 물었다.

"평지에 짓지 않고 이렇게 경사진 곳에 지으면 불편하지 않습니까?"

"얼음에서 생기는 냉기는 위로 올라가게 마련입니다. 목빙고

든 석빙고든 제일 마지막에 꺼내는 것은 처음 크기의 반의반도
안 됩니다. 거기다 얼음이 작아지면서 쌓아 둔 것이 넘어지게
되면 더 큰 손해를 볼 수밖에 없습니다."

"가장 마지막에 꺼낼 얼음을 맨 꼭대기에 올려놨군."

"안에는 칸을 나눠 놓고 나무로 벽을 세웠습니다. 한 칸씩 지
붕을 뜯어낼 때마다 옆 칸은 그대로 냉기가 유지되게 만든 것이
죠. 이쪽으로 오십시오."

쌓여 있는 얼음을 돌아 윤 생원이 통나무를 쌓아서 만든 격
벽을 가리켰다.

"이렇게 격벽을 쌓아 놨습니다만 제일 위쪽은 살짝 비웠습니
다."

윤 생원의 설명을 들은 관수가 말했다.

"냉기가 위쪽 칸으로 넘어가도록 하셨군요."

"맞다. 예전 빙고들은 위쪽을 높게 만들고 굴뚝을 만들었단
다. 하지만 그러면 만들기가 더 복잡한데다가 천장에 맺힌 냉기
들이 굴뚝으로 빠져나가거나 이슬처럼 떨어져서 얼음을 상하
게 하지."

"이 빙고에도 굴뚝이 있던데요."

"예전 빙고들보다는 훨씬 작다. 아예 막아 버리면 빠져나가
지 못한 냉기가 눅눅해지면서 오히려 얼음을 더 빨리 녹게 만들

더구나."

김 생원이 격벽을 한참 동안 바라보다가 물었다.

"이런 방식의 빙고는 이전보다 얼음을 잘 보관할 수 있겠지요?"

"작년에 여기의 절반 크기로 처음 만들어 봤는데 다른 빙고보다 두 배 가까이 얼음이 남았습니다. 올해부터는 이런 식으로 빙고를 만들 생각입니다."

"참으로 대단하십니다."

칭찬을 들은 윤 생원이 통나무로 만든 빙고의 지붕을 올려다보면서 대답했다.

"사람들은 옛것이 좋고 편하다고 하지만 저는 생각이 좀 다릅니다. 바꿀 수 있는 건 바꾸고 변화시킬 수 있는 건 변화시켜야지요. 이 빙고는 그 변화의 시작입니다."

단호하면서도 자신감에 넘치는 윤 생원의 말에 관수는 저도 모르게 고개를 끄덕거렸다. 얘기를 마친 윤 생원이 김 생원에게 말했다.

"이제 밖으로 나가셔서 말씀을 나누시지요. 간단히 술상을 봐 놨습니다."

두 사람을 따라서 나오자 밖에서 기다리고 있던 오순달이 얼른 빙고의 문을 닫았다. 차일 안에는 돗자리가 펼쳐져 있고, 가운데 놓인 소반에는 술병과 간단한 안주가 놓여 있었다. 윤 생원이 자리를 권했다.

"앉으시지요."

김 생원이 뒤따라 앉자 윤 생원이 술병을 들어서 잔을 채웠다. 가볍게 한 모금을 마신 김 생원이 놀란 표정으로 물었다.

"술이 시원합니다."

윤 생원이 눈짓을 하자 일꾼들이 작은 항아리를 하나 가져와서 관수의 옆에 내려놨다. 무심코 항아리 안을 들여다보던 관수의 눈이 커졌다.

"얼음이 가득 차 있습니다."

윤 생원이 술병을 내려놓으면서 말했다.

"시원한 술은 얼마든지 있으니 마음껏 드시지요."

술잔을 비운 김 생원이 얼음이 가득 찬 항아리를 힐끔 바라봤다.

"호의는 고맙습니다만 이유는 알고 마셔야겠습니다."

김 생원의 말에 호탕하게 웃은 윤 생원이 대답했다.

"한성일보는 저도 잘 읽고 있습니다. 좋은 글을 써 주시는 보답쯤으로 해 두지요."

"일단 그리 알겠습니다."

그 후로 별다른 말 없이 술잔이 몇 번 더 오고 갔다. 그러다

결국 윤 생원 쪽이 먼저 입을 열었다.

"그런데 저는 무슨 일로 만나려고 하셨습니까?"

"최근 한양의 얼음값이 계속 올라간다는 얘기를 들었습니다. 듣자 하니 한양 최고의 장빙업자가 바로 윤 생원이라고 해서 어찌된 영문인지 알아보고자 들렀던 겁니다."

질문을 받은 윤 생원은 술잔을 단숨에 비우고는 입을 열었다.

"우리 집안이 대대로 장빙업자였다는 건 알고 계시지요?"

"그렇다고 들었소이다."

김 생원의 대답을 들은 그의 얼굴에 쓸쓸한 미소가 떠올랐다.

"믿기지 않으시겠지만 개국 공신 집안이었습니다. 하지만 이후에 관운이 트이지 않고 부침을 겪으면서 오랫동안 양반 아닌 양반으로 살았지요. 그러다가 제 증조할아버지께서 얼음을 캐서 파는 일을 시작하셨습니다. 증조할아버지에 이어 할아버지가 빙고를 만들면서 장빙업자가 되었지요. 그 일을 물려받은 아버님이 열심히 하셔서 어느덧 가진 빙고만 수십 개에 이르렀습니다. 하지만 돌아가시기 전까지 아버님의 소원이 무엇이었는지 아십니까?"

김 생원이 고개를 젓자 윤 생원이 허탈한 표정으로 말했다.

"관직에 출사하는 것이었습니다. 장사하는 양반이라고 오랫동안 손가락질 받은 걸 잊지 못하셨던 탓이지요. 그래서 초시와 복시를 보고 성균관에 들어갔지만 동료 유생들의 비웃음에 결국 제 발로 나왔습니다."

"저런……."

"설사 과거에 합격해서 출사를 하려고 해도 고신(告身)*을 받을 수 없었을 것입니다."

"그래서 장빙업에 몰두하신 겁니까?"

"이왕 이렇게 된 거 열심히 해서 남들이 깔보고 무시하지 못하는 위치까지 오르고 싶었습니다."

윤 생원의 말을 들은 김 생원이 물었다.

"선비가 학문을 멀리한 것은 비난받을 일이지만 자기 일에 최선을 다한다는 것은 마땅히 칭찬받을 일이외다. 그런데 어떻게 해서 그 위치에 오르고자 하시는지 궁금하외다. 혹시 여불위를 꿈꾸십니까?"

호탕하게 웃은 윤 생원이 고개를 저었다.

"조선이 진나라가 아닌데 어찌 여불위를 꿈꾸겠습니까? 다만 최고의 장빙업자가 되기를 원할 따름입니다."

"어떤 방법으로 말입니까?"

질문을 받은 윤 생원은 방금 살펴봤던 빙고를 가리키면서 대

---

*   조선 시대 관리들에게 주는 관직 임명장으로 직첩이라고도 부른다.

꾸했다.

"저런 빙고를 만들어서 더 많은 얼음들을 보관했다가 팔 겁니다."

"재화가 많아지면 물건값은 떨어지게 마련입니다. 얼음이 흔하게 되면 값이 떨어지지 않겠습니까?"

"그래서 우선은 얼음 캐는 양을 조절할 생각입니다. 너무 많이 캐내면 보관할 빙고도 많이 지어야 하고 값이 조금이라도 오르면 욕심에 눈이 어두워진 장빙업자가 가지고 있는 얼음을 다 풀어서 가격을 떨어뜨리니까요."

"그렇게 얼음의 가격을 떨어뜨리지 않겠다는 뜻입니까?"

다소 날 선 김 생원의 물음에 술잔을 비운 윤 생원이 말했다.

"장사를 하다 보니 눈에 보이지 않던 것들이 보이더군요."

"장사야 물건을 만들거나 사들여서 이문을 남겨 팔아야 하는 거 아니오."

"변수가 너무 많습니다. 같은 물건을 파는 장사치들도 있고, 손님들의 주머니 사정도 고려해야지요. 거기다 나라에 바칠 공납과 세금 문제도 있고 말입니다. 장사란 불확실성을 줄여야 이익을 얻을 수 있기 마련입니다."

확신에 가득 찬 윤 생원의 말에 김 생원이 굳은 표정으로 물었다.

"그 불확실성이 빙계란 말입니까?"

김 생원의 입에서 빙계라는 말이 나오자 윤 생원은 희미하게 웃었다.

"장빙업자들과 빙계는 오랫동안 공존해 왔습니다. 빙계가 얼음을 캐면 우리는 그걸 빙고에 보관했다가 시장에 팔아서 이익을 나눴지요. 하지만 그 공존으로 인해 더 큰 이익을 남길 기회를 잃었습니다."

"그들이 없으면 얼음을 얻지 못하지 않습니까?"

김 생원의 반문에 껄껄거리면서 크게 웃은 그가 대답했다.

"한강의 얼음이 어찌 빙계만의 것이란 말입니까? 요즘 한양에 남아도는 게 사람이고, 돈 몇 푼만 쥐여 주면 뭐든 다 할 자들이 차고 넘칩니다."

윤 생원의 얘기를 들은 관수는 비로소 속셈을 알아차렸다. 얼음을 캐서 먹고살던 빙계 사람들을 완전히 배제하고 자기가 얼음을 채취하려고 했던 것이다. 그래서 일부러 가격이 올라갔음에도 불구하고 빙계 사람들에게 얼음을 내주지 않고 버티고 있는 중이었다. 그러다 빙계와 송사를 벌이게 되면 그 핑계를 대고 자기 사람들을 풀어서 따로 얼음을 캐낼 속셈으로 보였다. 김 생원도 같은 생각이었는지 눈살을 찌푸렸다.

"빙계와 고의로 갈등을 일으켰던 것이오?"

"고의는 아니었습니다. 좋게 갈라서고 싶었지만 도통 말귀를 알아먹는 사람들이 아니더군요."

"그럼 빙계 사람들은 무엇으로 먹고살란 말이오?"

"제 아버지 같은 말씀을 하시는군요."

"무릇 선비란 가난하고 힘없는 사람에게 관심을 기울여야 하는 법이외다."

"저는 선비가 아니라 장사꾼입니다."

"그래서 빙계를 제치고 채취까지 독점해서 얼음값을 좌지우지하겠다는 말이오?"

"독점은 빙계가 하고 있습니다. 오랫동안 우리 집안을 비롯한 장빙업자들은 시세에 상관없이 높은 값으로 얼음을 사야만 했습니다. 아버지는 늘 어쩔 수 없는 일이라고 했지만 세상에 어쩔 수 없는 일은 없습니다. 단지 손을 대지 않는 일만 있을 뿐이지요."

싸늘하고 날선 시선들이 오가자 겸인 오순달을 비롯한 일꾼들이 눈치를 보면서 슬슬 물러났다. 김 생원의 무거운 눈빛을 향해 윤 생원이 말했다.

"세상은 변하고 있습니다. 낡은 방식은 버리고 좀 더 효율적이 되어야 이문을 얻을 수 있는 법이지요."

"그 변화와 이문 사이에 고통받는 사람들은 생각해 보지 않았습니까? 빙계 사람들은 그렇다 치고 아무 영문도 모른 채 필요한 얼음을 구하지 못하고 있는 장사꾼들은 무슨 잘못입니까?"

날카로운 김 생원의 말에 윤 생원이 미소를 지으면서 받아쳤다.

"그들을 설득해 주십시오."

"난 그저 남산골에 사는 가난한 선비일 뿐입니다."

윤 생원이 소매에서 그가 집을 찾아갔을 때 건넸던 명함을 꺼내 소반 위에 올려놨다.

"한성일보의 기자이기도 하고 말입니다."

"저에게 원하는 게 뭡니까?"

"이번 일에 대한 좋은 글을 청합니다."

"좋은 글이라, 빙계 사람들이나 얼음을 비싼 값에 사야 하는 장사꾼들은 보이지 않는 글 말씀이오?"

"언제까지 하던 대로 하고 살 수는 없습니다. 이미 경강 상인들 몇 명과 얘기를 끝냈습니다. 그들이 돈과 일꾼을 보태 주기로 했으니 내년부터 우리가 직접 얼음을 채취해서 보관했다가 팔 수 있게 됩니다. 이걸 바로 변화라고 부릅니다."

"그러한 계획이 있다면, 처음부터 빙계 사람들의 얼음을 받지 않고, 사적으로 얼음을 채취해서 보관해야 했소이다. 빙계 사람들의 얼음을 내어 주지 않는 것은 억지이자 사기요."

"저도 따로 사람을 써서 얼음을 채취하려고 했습니다. 하지만 빙계에서 자신들만 얼음을 깰 수 있다며 훼방을 하는 바람에 어쩔 수 없었지요."

"세월이 흐르면 변하는 건 당연하외다. 허나 그 변화가 고통과 배고픔을 동반한다면 아니 변하는 것만 못하오."

"어찌 한쪽 면만 보십니까? 강대 사람들 중에 굶는 사람들이 새로운 일거리를 얻을 겁니다. 운종가의 상인들도 들쭉날쭉한 얼음값에 신경을 쓰지 않을 것이고 말입니다."

"만약 그대가 말한 변화 안에 빙계와 장사꾼 들이 들어 있었다면 그 말을 믿었을 것이외다. 허나 빙계 사람들을 몰아내고 얼음을 독점해서 값을 마음대로 높이겠다는 것이 변화라면 적어도 나는 받아들이기 어렵소."

두 사람의 언성이 점점 높아지는 것을 지켜보던 관수는 둘 중 한 사람이 소반을 엎어 버리고 달려들어서 멱살이라도 잡지 않을까 걱정했다. 그렇게 되면 주변에는 온통 윤 생원의 사람들뿐이라서 몰매를 맞을 게 뻔했다. 무기라도 될 만한 걸 찾아보기 위해서 주변을 두리번거리는데 갑자기 윤 생원이 소리쳤다.

"가져오너라."

차일 곁에 서 있던 겸인 오순달이 눈짓을 하자 지게를 짊어진 일꾼 하나가 나타났다. 무심코 돌아본 관수는 지게 뒤에 실린 색색 가지 비단을 보고는 눈이 휘둥그레졌다. 얼추 봐도 열 필이 넘어 보였는데 이 정도면 지금 김 생원이 사는 집값보다 더하면 더했지 부족하지는 않았다. 그걸 본 관수는 입을 다물지 못했고, 김 생원 역시 놀라움을 감추지 못했다. 일꾼이 비단이 든 지게를 두 사람이 앉아 있는 차일 옆에 내려놨다. 윤 생원이 지게 위의 비단을 보면서 말했다.

"명나라에서 온 최고급 비단입니다. 이 정도면 한양 안에 집 한 채 사는 것은 그리 어렵지 않을 겁니다."

"뇌물이오?"

"선물입니다. 저는 친구들과 잘 지내는 걸 좋아합니다."

술자리는 그걸로 끝이 났다. 날카로운 모습은 온데간데없이 사라진 김 생원은 잠자코 얘기를 듣다가 일어났다. 관수는 비단이 실린 지게를 짊어진 채 남산골의 집으로 향하는 김 생원의 뒤를 따랐다. 그러면서 아무 말이 없는 김 생원에게 툴툴대며 물었다.

"왜 갑자기 꿀 먹은 벙어리가 되셨습니까?"

"생각할 거리가 많아지면 입을 다물어야 하는 법이다."

"이 비단 때문입니까?"

관수의 물음에 김 생원은 걸음을 멈추고 힐끔 비단이 실린 지게를 돌아봤다.

"그것만 있으면 십 년은 너끈히 글공부만 할 수 있지 않겠느냐."

관수가 따져 물으려고 했지만 김 생원이 돌아서서 걷는 바람에 입을 다물어야 했다. 아무리 가까운 사이라고 해도 둘은 주인과 노비 사이였고, 넘을 수 없는 벽이 존재했기 때문이다. 김 생원은 진짜 가족이 아니라는 여리꾼 곽수창의 말이 자꾸만 귓가에 맴돌았다. 집에 도착한 관수는 지게를 내려놓고 비단을 마루에 올려놨다. 부엌에서 나온 김 생원의 부인은 놀라서 입을 다물지 못했다.

"세상에, 이게 어디서 난 겁니까?"

"방에 들어가서 얘기하세."

방에 들어선 김 생원은 부인과 한참 얘기를 나눴다. 그러고는 어느 순간 방 안의 불이 꺼졌다. 관수도 목침을 베고 잠을 청했다.

다음 날, 아침에 눈을 뜬 김 생원은 관수에게 말했다.

"그 비단을 들고 따라오너라."

"운종가에서 바꾸시게요?"

"잠자코 따라오너라."

여느 때와 사뭇 다른 김 생원의 분위기에 관수는 말없이 비단을 지게에 싣고 짊어졌다. 남산골을 내려와 한성일보로 들어선 김 생원은 곧장 박춘을 불러 방에서 한참 동안 얘기를 나눴다. 밖에서 기다리다 지친 관수가 여리꾼 곽수창이나 보러 갈까 생각하던 차에 갑자기 방문이 열렸다. 밖으로 나온 박춘이 지물전의 일꾼을 불러서 관수가 가지고 온 비단이 든 지게를 짊어지게 하고는 어디론가 사라졌다. 그걸 본 관수가 반쯤 열린 방문으로 안을 살폈다. 의자에 앉은 김 생원이 문 밖에서 지켜보던 관수에게 말했다.

"어서 들어와 먹을 갈지 않고 뭘 하느냐."

얼른 방으로 들어간 관수는 구석에 놓인 벼루와 먹을 챙겨서 책상 아래 쪼그리고 앉아 먹을 갈았다. 그사이 종이 한 장을 펼치고 붓을 잡은 김 생원이 글을 쓸 준비를 했다. 먹물을 충분히 낸 관수가 벼루를 책상 모서리에 올려놓으면서 물었다.

"비단은 어디로 가져간 겁니까?"

"어디긴, 주인한테 돌려주라고 했다."

"윤 생원에게요?"

붓으로 벼루에 고인 먹물을 듬뿍 찍은 김 생원이 고개를 끄덕이자 의아해진 관수가 재차 물었다.

"그럼 왜 어제는 받아 오신 건가요?"

"선물이라고 했으니 일단 받는 게 예의일 것 같아서 말이다. 솔직히 말하면 그걸 받아서 챙길 생각이 없진 않았다."

"그런데 왜 돌려보내셨어요?"

관수의 물음에 붓을 잠시 내려놓은 김 생원이 허공을 쳐다보면서 말했다.

"생각을 해 봤다. 이런 선물을 받고 원하는 글을 써 주면 어떻게 될까 하고 말이다. 그러면 또 다른 누군가가 같은 부탁을 할 것이고, 나는 역시 거절하지 못할 게다. 그러면 차츰 돈을 받고 글을 써 주는 것이 당연하다고 생각될 테고 그리되면 이제 선물은 뇌물이 될 것이다. 그리고 거기 어디에서도 나와 내 글은 보이지 않을 게다."

다시 붓을 집어 든 김 생원이 하얀 종이를 내려다봤다.

"글은 사람을 살릴 수도 있고 죽일 수도 있느니라. 나는 적어도 누군가를 죽이고 괴롭히는 글은 쓰지 않을 것이다."

김 생원은 종이 위로 붓을 가져갔다.

+ **한성일보 정축년 5월 열하루**

최근 한양의 얼음값이 하늘 높은 줄 모르고 치솟고 있소이다. 그래서 기자가 연유를 알아보니 참으로 큰일이 벌어지는 중이외다. 본래 한양의 얼음은 장빙군으로 일했던 경강의 백성들이 꾸린 빙계에서 채취하여 사빙고를 가진 장빙업자에게 넘겨주었소이다. 그런데 장빙업자 중 한 명인 윤 생원이라는 자가 빙계를 따돌리고 얼음을 독점하기 위해서 일부러 얼음을 팔지 않고 있는 중이외다. 윤 생원의 뜻대로 된다면 앞으로 한양의 얼음값은 몇몇 장빙업자에 의해서 결정될 것이니 이번 같은 일이 벌어지지 말라는 법이 없소이다. 또한 이런 방식이 효과를 본다면 다른 장사꾼들도 앞다퉈 담합하여 멋대로 가격을 올릴 것이 분명하오. 세상의 일들은 조화와 상생이 우선인데 이런 식의 독점은 모두에게 불행한 결과만을 가져올 것이오.

옆에 서서 김 생원이 쓰는 글을 지켜보던 관수가 중얼거렸다.

"조화와 상생."

붓을 내려놓은 김 생원이 대답했다.

"윤 생원의 얘기 중에 빙계와 다른 장사꾼들에 대한 배려가 조금이라도 있었다면 나도 달리 생각했을 것이다. 어쩌면 못 이기는 척 선물도 받았을 게다. 하지만 오직 자신의 이익만을 보고자 하는 자인 것을……."

얘기를 나누는 사이, 기별청에서 조보를 들고 온 꼬맹이가 숨을 헐떡거리면서 신문사로 들어섰다. 구석에 앉아서 쉬고 있던 황 노인과 성윤과 한림이 신문을 찍을 준비를 했다. 관수도 김 생원이 글을 쓴 종이를 가지고 그들에게 갔다.

박춘은 해가 떨어진 다음에야 돌아왔다. 그때까지 집에 돌아가지 않고 신문사에서 기다리고 있던 김 생원이 물었다.

"어찌 되었나?"

"도중(都中)*에 자네에게 들은 얘기를 모두 들려주었네. 안 그래도 윤 생원이 얼음값을 자꾸 올려서 화가 난 상인들이 많아 얘기는 잘 먹혔지. 그래서 윤 생원에게 사람을 보내 통첩을 했네."

"어떻게?"

"얼음값을 원래대로 내려서 풀지 않으면 앞으로 윤 생원과 거래하지 않는 것은 물론 내년부터는 빙고를 직접 짓고 얼음도 빙계에게 직접 공급받겠다고 말이야. 운종가 상인들이 그렇게 나오면 다른 상인들도 같이할 것은 시간문제야. 그동안 그런 얘기가 안 나온 건 아니지만 장사꾼끼리 서로 싸우지 말자는 뜻으로 안 하고 있었거든."

"저쪽 반응은 어떻던가?"

"윤 생원 쪽은 별다른 얘기가 없지만 다른 장빙업자들에게서는 내일부터 얼음을 풀겠다는 연락이 왔네. 알고 보니까 그동안

---

* 조선 시대 운종가의 상점 주인들이 결성한 조합.

윤 생원이 먼저 얼음을 풀면 가만두지 않겠다고 협박을 해서 어쩔 수 없이 팔지 못하고 있었던 모양이야. 그런 와중에 우리 신문에서 그 사실을 터트렸으니 거기서도 내심 잘됐다 싶을 거야."

"잘 수습되어서 다행이군."

김 생원의 말에 박춘이 고개를 끄덕거렸다.

"자네 덕분이지. 그리고 비단은 사람을 시켜서 윤 생원에게 돌려보냈네. 욕심이 없는 사람인 줄은 알았지만 이 정도일 줄은 몰랐네."

"선물이 아니라 뇌물이었으니까 안 받는 게 당연하지."

"내일이나 모레 장빙업자들이 우리 신문에 사과문을 싣겠다고 하는군. 고생했네."

"그럼 이만 들어가 보겠네."

"술이나 한잔하러 갈까?"

박춘의 얘기에 김 생원이 웃으며 고개를 저었다.

"비단을 돌려보낸 일로 부인 눈치가 보여서 당분간은 일찍 들어가야 해."

신문사를 떠나 남산골의 집으로 돌아가던 김 생원은 높이 뜬 달을 보면서 가볍게 한숨을 쉬었다.

백년하청 百年河淸

중국의 황허강(黃河江)은 늘 흐려서 맑을 때가 없다는 뜻으로,
아무리 오랜 시간이 지나도 이루어지기
어려운 일을 이르는 말.

가슴속
뜨거운 불길

"불이야!"

5월의 노곤함에 못 이겨 신문사의 문지방에 걸터앉아 꾸벅
꾸벅 졸던 관수는 어디선가 들려오는 소리에 잠이 깼다. 주변을
두리번거리던 관수의 눈에 멀리 혜정교 쪽에서 치솟는 불길이
보였다. 바가지를 씌울 손님을 찾던 여리꾼이나 방석을 깔고 앉
아 있던 상점의 주인들 모두 허둥거렸다. 가뜩이나 사람들로 북
적거리던 거리는 불길을 피해 도망치거나 혹은 불구경을 하기
위해 움직이는 사람들로 가득 차 버렸다. 박춘과 김 생원이 한

잔하러 선술집에 갔다는 사실이 뒤늦게 떠오른 관수는 어찌해야 할 바를 몰랐다. 그때 누군가 어깨를 세게 쳤다. 돌아보자 곽수창이 보였다.

"뭐 해! 불이 났잖아."

"어, 어떡해야 하는데?"

"얼른 따라와."

곽수창이 불길이 난 쪽으로 뛰어갔다. 관수도 그 뒤를 따랐다. 불길이 가까워지자 혼잡은 극에 달했다. 불길을 피해 상점의 물건을 끄집어낸 주인과 일꾼들 사이로 구경꾼들과 불길을 피해 도망치는 사람들이 뒤엉켰기 때문이다. 그들 사이를 능숙하게 지나친 곽수창은 갑자기 상점 사이로 쑥 사라져 버렸다. 걸음을 멈추고 사라진 쪽을 바라보는데 양손에 갈퀴를 든 그가 모습을 드러냈다. 곽수창이 갈퀴를 하나 던지면서 말했다.

"이거 받아."

엉겁결에 갈퀴를 받아 든 관수는 곽수창을 따라갔다. 조금 더 나가자 불길이 눈에 보였다. 2층으로 된 상점 하나는 아예 잿더미가 되었고, 바람이 부는 방향을 따라 오른쪽 상점으로 한창 옮겨붙는 중이었다. 불은 삽시간에 번졌는데 상점들이 다닥다닥 붙어 있는데다가 안에 불에 잘 탈 만한 천이나 종이, 나무 같은 것들이 많았기 때문이다. 상점 주인으로 보이는 젊은 사내가 불똥이 떨어지는 바닥에 앉아서 대성통곡을 하는 중이었고, 그 옆으로는 사람들이 물을 뿌리고 천으로 불길을 덮어서 끄고 있었다. 불이 옮겨붙고 있는 상점 쪽으로 간 곽수창이 관수에게 외쳤다.

"안에서 불타고 있는 것들 끄집어내. 그냥 놔두면 상점 전체로 옮겨붙을 거야."

가까이 다가가자 불길은 맹렬한 열기와 독한 연기를 뿜어냈다. 관수는 곽수창이 하는 것처럼 한쪽 소매로 입을 가린 채 한 손으로 갈퀴질을 해서 불붙은 천 쪼가리들을 길거리로 끄집어냈다. 잠시 후, 한 무리의 사내들이 도끼와 사다리, 그리고 밧줄 들을 가지고 나타났다. 앞장선 사내는 곽수창과 관수에게 외쳤다.

"뒤로 물러나!"

숨을 헐떡거리면서 물러난 관수가 곽수창에게 물었다.

"누구야?"

"불 끄는 사람들."

곽수창의 말대로 사내들은 능수능란하게 불길을 잡았다. 일단 불길이 완전히 집어삼켜 버린 상점은 도끼로 기둥을 찍어서 주저앉혔다. 어마어마한 굉음을 내면서 무너진 상점이 자욱한 불길을 길거리로 뿜어냈다. 구경꾼들이 일제히 비명을 지르며

128

뒤로 물러났고, 아까부터 길바닥에 앉아서 통곡을 하던 상점 주인도 허겁지겁 몸을 피했다. 사내들은 그다음에 불길이 옮겨붙은 상점으로 향했다. 사다리를 걸쳐서 지붕의 기와들을 걷어 내고, 물에 적신 천이 달린 장대로 불길을 잡았다. 물도 무작정 뿌리지 않고 사다리를 타고 올라가서 기와를 걷어 낸 지붕에 쏟았다. 불길이 서서히 잡혀 가자 사내들 중 일부가 안으로 들어가서 불을 껐다. 그 광경을 지켜보던 곽수창이 코를 훌쩍거리면서 말했다.

"대충 불길을 잡은 모양이야."

"불이 왜 난 거야?"

관수의 물음에 곽수창이 길거리에 우두커니 서 있는 젊은 상점 주인을 가리켰다.

"왜 나긴, 저 멍청이가 상점 안에 등불을 켰다가 났겠지. 그나마 두 칸만 불에 타서 다행이야. 옛날에는 여기 수백 칸이 다 타고 수백 명이 죽은 적도 있었대."

"정말?"

"특히 여기 운종가는 상점들이 밀집해 있고, 불에 탈 만한 것들이 많아서 아차 하면 큰불이 나기 십상이야. 그래서 상인들이 돈을 내서 불을 끄는 사람들을 따로 고용했지."

둘이 얘기를 나누는 사이에 불길이 완전히 잡혔다는 외침이

들렸다. 다들 안도의 한숨을 쉬는데 늙은 노인이 하나 나타나서는 불에 탄 상점 주인인 젊은 사내의 멱살을 잡고 뒤엉켰다. 그 모습을 본 곽수창이 심드렁하게 말했다.

"불이 옮겨붙은 상점 주인인가 보네. 자다가 날벼락을 맞은 셈이니 눈이 뒤집힐 만하지."

구경꾼들이 싸움이 붙은 두 사람을 뜯어말리는 사이 거리 한쪽에서 또 다른 무리가 나타났다. 낡고 꾀죄죄한 옷차림에 덜컹거리는 수레를 끌고 나타난 그들을 본 사람들의 시선이 싸늘했다. 심상찮은 분위기를 느낀 관수가 곽수창에게 물었다.

"쟤들은 누구야?"

"멸화군. 원래 쟤들이 불을 끄게 되어 있어."

"근데 왜 이렇게 늦게 나타난 거야?"

관수의 물음에 곽수창이 어깨를 으쓱거렸다.

"낸들 알아. 지금처럼 불이 꺼지고 나타난 게 한두 번이 아니야. 얼마나 답답했으면 구두쇠 같은 상인들이 돈을 내서 따로 불 끄는 사람들을 고용했겠어."

곽수창의 설명을 들은 관수는 불을 끄러 왔다는 멸화군을 바라봤다. 다들 생기 없고 지쳐 보이는 얼굴이었다. 특히 물통이 실린 수레를 끌고 온 멸화군은 관수 또래의 아이들이었다. 멸화군의 우두머리로 보이는 늙은 사내가 불이 꺼진 현장을 살펴보려고 하자 사방에서 삿대질과 욕설이 쏟아졌다.

"무슨 낯짝으로 여길 온 거야?"

"불 다 끈 다음에 와서 뭐하자는 거야!"

"으이구! 내가 못살아."

그런 와중에 아까 멱살잡이를 당했던 젊은 상점 주인이 달려들었다.

"이놈들아! 네놈들이 굼벵이처럼 기어 와서 내 전 재산이 날아갔어! 알거지가 되었다 이 말이야!"

삿대질과 욕설에 둘러싸인 멸화군은 왔던 길을 힘없이 돌아갔다. 관수는 그들의 쓸쓸한 뒷모습을 지켜보다가 돌아서는 곽수창에게 물었다.

"쟤들 만나려면 어디로 가야 해?"

"어, 황토현 넘어서 종루*에 멸화군들이 화재를 감시하러 올라가 있어. 거기에 가서 물어보면 알 수 있지 않을까?"

"고마워."

곽수창과 헤어진 관수는 신문사로 돌아왔다. 얼마 후, 운종가에 불이 난 줄 까맣게 모르고 박춘과 함께 나갔던 김 생원이 돌아왔다. 집에 돌아갈 차비를 하는 김 생원에게 관수가 슬쩍 말

---

* 　조선 시대, 한성부의 중심이 되는 곳에 종을 달아 두는 누각.

131

했다.

"주인마님. 멸화군이라고 들어 보신 적 있으십니까?"

"멸화군? 그게 뭐냐?"

"불을 끄는 군대라고 하던데요."

관수의 얘기를 들은 김 생원이 턱수염을 만지작거리면서 생각에 잠겼다.

"그러고 보니 들어 본 적은 있는 거 같다. 백여 년 전에 한양에 아주 큰 화재가 난 적이 있었고, 그 이후에 금화도감이 세워지고 멸화군이 만들어졌다고 말이다."

"아까 지켜보니까 제대로 불을 못 끄는 거 같던데요."

"그래서 그걸 알아보자 이거구나."

"네. 명색이 불을 끄는 군대인데 제대로 일을 못해서 상인들이 엄청 불편해하잖아요. 왜 그런 건지 신문에 글을 쓰면 다들 좋아할 겁니다."

관수의 얘기를 듣고 잠시 고민하던 김 생원이 고개를 끄덕거렸다.

"마침 쓸거리도 없었는데 나쁘지 않겠구나. 그런데 멸화군을 만나려면 어디로 가야 하느냐?"

"따라오십쇼."

거리로 나선 두 사람은 운종가와 육조거리가 만나는 곳으로 향했다. 황토현을 넘자 널따란 육조거리와 그 옆에 2층으로 된 종루가 보였다. 사람 몸통만큼 굵은 기둥들 사이로 사람과 수레 들이 오가는 게 보였다. 종루 2층에는 인정(人定)*과 파루(罷漏)**를 알리는 커다란 종이 걸려 있었다. 종 옆에 서 있는 사람을 본 관수가 김 생원에게 말했다.

"저 사람이 멸화군이에요."

"그래, 올라가 보자."

삐걱거리는 계단을 밟고 올라가자 난간에 기댄 채 거리를 바라보던 사내가 보였다. 삐쩍 마른 몸에 많이 피곤해 보이는 사내는 힘없이 고개를 돌렸다.

"여긴 올라오면 안 됩니다."

"물어볼 게 있어서 올라왔네. 자네 멸화군 소속인가?"

"그렇습니다만 뉘신지요?"

"한성일보라는 신문사에서 일하는 기자일세. 알아볼 게 있어서 왔는데 어디로 가면 멸화군을 만날 수 있는 건가?"

질문을 받고 잠시 생각에 잠겼던 상대방이 손가락을 들어서 난간 밖을 가리켰다.

---

*   조선 시대에 통금의 시작을 알리는 종소리로 밤 10시경에 28번을 쳤다.
**   조선 시대에 통금의 해제를 알리는 종소리로 새벽 4시경에 33번을 쳤다.

"종묘 쪽으로 쭉 가시면 철물교가 나옵니다. 철물교 바로 옆에 작은 기와집이 한 채 있습니다. 현판이 있으니까 찾기는 어렵지 않으실 겁니다."

"고맙네."

얘기를 나눈 김 생원이 계단 아래로 내려와서 철물교 쪽으로 향했다. 관수도 그 뒤를 따랐다. 종루에 있던 멸화군의 말대로 철물교 앞에 다 쓰러져 가는 작은 대문 위에 멸화군이라는 현판이 보였다. 그 앞에 선 김 생원이 목청을 가다듬고는 외쳤다.

"이리 오너라!"

잠시 후, 삐걱거리는 소리와 함께 문이 열렸다. 문을 연 사람은 낡은 저고리와 바지 차림의 늙은 사내였다. 허연 턱수염과 굽은 등, 그리고 피곤함과 배고픔에 찌든 눈빛이었다. 관수는 그가 아까 낮에 운종가에 불을 끄러 왔던 멸화군의 우두머리임을 알아차렸다. 사내는 반쯤 열린 대문 뒤에 서서 김 생원에게 물었다.

"어디서 오셨습니까?"

"한성일보에서 온 기자 김 생원일세. 여기가 멸화군들이 머무는 곳인가?"

"그, 그렇습니다만 무슨 일이신지요."

"궁금한 게 있어서 찾아왔네. 멸화군의 우두머리가 누구인가?"

김 생원의 물음에 늙은 사내가 뒤통수를 긁으면서 대답했다.

"소인입니다요. 무엇이 궁금하십니까?"

"화재를 어찌 진압하는지 알고 싶어 왔네."

"혹시…… 저희가 불길을 제대로 못 잡아 그러십니까?"

"뭔가 곡절이 있을지 모른다는 생각이 들어서 말일세. 괜찮으면 얘기를 나눌 수 있겠는가?"

문을 활짝 연 늙은 사내가 당장이라도 울 것 같은 표정으로 말했다.

"아이고, 할 말이 정말 많습니다요. 들어오시지요."

안으로 들어간 관수는 마당 건너편에 다 쓰러져 가는 낡은 초가집과 창고들을 봤다. 마당 한 구석에는 웃통을 벗은 사내들 몇 명이 거적을 깔아 놓고 뭔가를 말리는 중이었다. 창고 앞에는 도끼와 낫을 숫돌로 갈거나 낡은 보자기를 바느질하고 있는 사람들이 보였다. 초가집의 대청으로 김 생원을 안내한 늙은 사내가 무릎을 꿇고 앉으면서 입을 열었다.

"쇤네는 김금돌이라고 합니다요."

"자네가 우두머리인가?"

김 생원의 질문에 김금돌은 한숨을 푹 쉬었다.

"제가 멸화군 중에 제일 오래 일을 해서 그냥저냥 우두머리

노릇을 합니다."

"멸화군은 모두 몇 명인가?"

"전부 다 해서 50명입니다만 정원을 채운 적은 한 번도 없었습니다. 많아야 30명 정도가 고작이었지요."

옆에서 얘기를 듣던 관수는 주변을 쭉 돌아봤다. 눈에 보이는 인원을 다 합해도 스물이 채 넘지 않았다. 이상하게 생각한 관수가 김금돌에게 물었다.

"어째서요?"

"원래 멸화군은 지방에서 번상(番上)*하는 정병(正兵)**과 선상노(選上奴)***로 구성된단다. 그런데 정병들이 천한 선상노랑 어울리기 꺼려 하고, 선상노들은 아무런 연고도 없는 한양에 올라와서 먹고살 방도를 찾아야 하기 때문에 다들 멸화군이 되기를 꺼려 하지."

김금돌의 설명을 들은 김 생원이 고개를 갸웃거렸다.

"한양에 올라와서 먹고살기 힘들기는 매한가지인데 굳이 멸화군을 꺼려 하는 이유는 무엇인가?"

---

*   지방의 군인이 교대로 한양에 올라와서 복무하는 것을 말한다.
**   조선 시대 군대에 징집한 양인 남성을 지칭한다.
***   조선 시대에 지방에서 한양으로 올려 보내 일을 시킨 관노. 3년에 6개월씩 교대하여 일을 했으며 각 관청의 잡역을 담당했다.

"성문을 지키는 임무를 맡으면 오가는 장사치들의 주머니라도 뜯어낼 수 있지요. 거기다 교대할 수 있기 때문에 다른 일을 하거나 쉴 수도 있고 말입니다. 멸화군은 이곳에서 꼼짝도 못하고 대기해야만 합니다. 거기다 불을 끄는 일이 좀 위험하고 어려운 게 아닙지요."

김금돌의 얘기를 들은 관수는 아까 운종가에서 봤던 화재 현장을 떠올렸다. 멀리서 지켜보기만 해도 숨이 막힐 정도의 열기와 불길에 휩싸인 건물은 언제 무너질지 모른 채 위태로워 보였다. 관수가 생각에 잠겨 있는 사이 김금돌의 하소연이 이어졌다.

"불을 끄다가 잘못해서 다치기라도 하면 가족들은 누가 먹여 살립니까요."

"하긴 그렇긴 하네그려."

김 생원이 혀를 차면서 맞장구를 치자 김금돌이 침을 튀기면서 이야기를 이어 갔다.

"사정이 그렇다 보니 멸화군으로 배속되기만 하면 이런저런 핑계를 대고 빠져나갈 궁리를 하기 일쑤입니다요. 불을 끄려면 연습을 해야 하고 손발도 맞춰 봐야 하는데 그럴 여유가 없으니까 불이 나도 허둥대다가 늦게 도착하기 일쑤지요."

"그런 상황을 수성금화사에서 모를 리는 없을 터인데 아무런 조치가 없는가?"

김 생원이 의문을 표시하자 김금돌의 얼굴이 어두워졌다. 관수는 말없이 김 생원을 바라봤다. 그러자 헛기침을 한 김 생원이 말했다.

"무슨 문제가 있군."

"그, 그게 말입니다."

"속 시원하게 털어놔 주면 문제를 해결하는 데 큰 도움이 될 걸세."

김 생원이 넌지시 얘기하자 아랫입술을 깨문 채 잠시 생각에 잠겨 있던 김금돌이 입을 열었다.

"운종가 상인들이나 불 때문에 피해를 입은 사람들이 항의를 하면 찾아와서 제대로 하라고 말씀만 하고 가십니다."

김금돌의 얘기를 들은 관수는 의아한 표정으로 물었다.

"그게 전부인가요? 왜 대처가 늦는지 묻거나 해결해 주지는 않고요?"

"문제를 모를 리가 없지. 하지만 그걸 해결하는 데는 별 관심이 없는 거 같더구나."

김금돌의 하소연을 들은 김 생원이 탄식을 했다.

"자기네 집에 불이 나지 않는다고 믿는 모양이구나. 관리라는 자들이 그리 무심할 수가……."

"그뿐만이 아닙니다요."

주저하던 김금돌이 몸을 일으키면서 덧붙였다.

"이쪽으로 오시지요."

김금돌이 두 사람을 데리고 간 곳은 아까 웃통을 벗고 뭔가를 말리던 사내들이 있는 곳이었다. 김금돌을 본 사내들이 슬슬 눈치를 보면서 물러났다. 거적에 널어놓고 말리던 것을 본 관수가 물었다.

"이거 쌀 아니에요?"

"쌀은 쌀인데 물에 젖은 쌀이란다."

김금돌의 얘기를 들은 관수가 반문했다.

"어떻게 이 귀한 쌀을 물에 적신 건가요?"

대답은 김 생원이 대신 했다.

"양을 늘리려고 물을 먹였군. 아니면 조운선 밑바닥에 있던 쌀이든지."

김 생원의 얘기에 김금돌이 울상을 지으면서 얘기했다.

"저희들은 하루 종일 이곳에서 대기를 해야 하기 때문에 여기서 먹고 자야만 합니다. 그런데 요미(料米)*가 이런 식으로 와서 배를 곯기 일쑤죠. 그래서 눈치 빠른 자들은 온갖 핑계를 대고 빠져나갑니다요."

---

* 　조선 시대 관아의 아전이나 하급 관리들에게 주던 곡식.

혀를 찬 김 생원에게 김금돌의 하소연이 이어질 찰나, 대문이 열리는 소리가 들렸다. 고개를 돌린 관수의 눈에 수레를 끌고 들어오는 또래 아이들의 모습이 보였다. 다들 남루한 옷차림에 까무잡잡한 얼굴이었고, 눈치를 살피는 것이 노비처럼 보였다. 아이들은 낑낑대면서 수레를 대문 옆에 세웠다. 그중 한 명이 김금돌에게 말했다.

"수레바퀴를 고쳐 왔습니다."

"수고했다. 이제 돌아가서 쉬어라."

"네."

지칠 대로 지쳐 보이는 아이들은 꾸벅 인사를 하고는 대문 밖으로 나갔다. 그 아이들을 아까 화재 현장에서 보았음을 떠올린 관수가 김금돌에게 물었다.

"쟤들은 뭐예요?"

"급수비자(汲水婢子)*들이란다. 불이 났을 때 물을 길어 오는 역할을 하지."

"급수비자는 원래 여자 아닌가요?"

"그랬지. 그런데 물을 길을 뿐만 아니라 수레에 싣고 운반을

---

* 물 긷는 일을 맡은 공노비를 지칭한다. 원래는 여자 종들이 하는 일이지만 소설의 전개상 남자로 바꿨다.

140

해야 하기 때문에 남자들로 바꿨다. 젊고 팔팔한 노비를 보내 달라고 했는데 다들 저렇게 어린애들만 보내는구나."

"아까 불이 났을 때 수레에 물을 실어 온 걸 봤어요."

"쟤들 덕분에 그나마 준비를 해서 나갈 수 있지. 이러다가 조만간 불을 끄는 데 쟤들 손을 빌려야 할지도 모른다."

김금돌의 한탄에 관수는 걱정이 들었다.

"굉장히 위험해 보이던데요."

관수의 얘기를 들은 김금돌은 아무 말 없이 오른팔 소매를 걷어 올렸다. 손목부터 팔꿈치까지 불에 탄 징그러운 흉터가 보였다. 관수가 눈을 찡그리자 김금돌이 한숨을 쉬었다.

"그나마 나는 운이 좋았단다. 같이 있던 동료 둘은 연기를 많이 마시고 쓰러져서는 그대로 저세상으로 갔지."

김금돌의 얘기에 놀란 관수는 아무 말도 하지 못했다. 옆에서 지켜보던 김 생원이 헛기침을 하고는 입을 열었다.

"얘기 잘 들었네. 막중한 임무를 맡은 멸화군이 이리 찬밥 신세인 줄은 몰랐네."

"말씀만으로도 고맙습니다. 이렇게 속 얘기를 하고 나니 십 년 묵은 체증이 내려간 것처럼 시원합니다."

"내가 명명백백하게 시비를 가려서 멸화군이 제대로 돌아갈 수 있도록 힘써 보겠네."

"말씀만 들어도 감사합니다요."

김금돌과 인사를 나눈 두 사람은 밖으로 나왔다. 어느덧 해가 떨어질 기미가 보였다. 석양이 지는 하늘을 본 김 생원이 발걸음을 옮겼다. 집 쪽이 아니라 신문사 쪽이라는 걸 확인한 관수는 신이 나서 쫓아갔다.

✛ 한성일보 정축년 5월 스무이틀

한양에는 불을 끄는 멸화군이 있는데 제 역할을 못한 지 오래인 것은 백성들 중에 모르는 사람이 없다오. 불이라는 것은 제때 끄지 못하면 큰 피해를 입기 마련인데 멸화군은 항상 늦장을 부려서 불이 꺼진 다음에 나타나기가 일쑤였소. 그래서 기자가 연유를 알아봤더니 참으로 참담하기 그지없었소이다. 본래 멸화군은 한양에 번상을 온 정군과 선상노 50명, 그리고 관청의 급수비자들로 구성되어 있다오. 허나 불을 끄는 일이 워낙 위험하기 때문에 다들 기피하기 일쑤고, 특히 불이 나면 바로 움직여야 하기 때문에 계속 대기를 해야만 하는 고충이 있소이다. 따라서 멸화군의 정원은 항상 부족했고, 설상가상으로 이들에게 지급되는 요미는 태반이 썩거나 물에 젖은 상태로 오는 일이 빈번하다고 하소연을 했소이다. 이런 상태로 멸화군이 제 역할을 하기 어려울 것은 세 살 먹은 아이도 알 수 있는 일이오. 멸화군을 관리해야 할 수성금화사의 관리들은 대체 무엇을 하는지 모르겠소이다. 이러다 한양에 큰불이라도 나면 대체 그 책임을 누구에게 물어야 할지 참으로 걱정이 되는 일이오. 지금이라도 늦지 않았으니 수성금화사의 관리들은 멸화군이 제대로 불을 끌 수 있도록 해야 할 것이외다.

김 생원이 쓴 기사는 다른 때처럼 꼬맹이가 가져온 조보와 함께 한성일보로 인쇄되어서 배포되었다. 근래 들어서는 양반들뿐만 아니라 운종가의 상인들도 제법 신문을 사서 봤기 때문에 삼삼오오 모여서 읽는 풍경은 이제 관수에게도 익숙했다. 인쇄된 신문들이 대충 뿌려지고 난 후에 관수는 늘 신문사 입구의 문턱에 걸터앉아서 지나가는 사람들을 구경하곤 했다. 그러다 김 생원이 박춘과 술을 마시러 가면 곽수창을 만나러 갔다. 관수는 세상에 대한 불만을 거리낌 없이 얘기하는 곽수창이 좋았다. 하지만 멸화군에 대한 기사가 나간 날은 분위기가 좀 달랐다. 운종가를 관리하는 관청인 평시서(平市署)*의 관리가 찾

---

* 조선 시대, 시전에서 쓰는 자나 말, 저울 따위와 물건값을 검사하는 일을 맡아 보던 관아.

아온 것이 그 시작이었다. 잔뜩 찡그린 표정의 관리가 신문사로 들이닥치자 박춘이 굽실대면서 맞이했고, 얘기를 나누러 어디론가 사라져 버렸다. 애매한 분위기 덕분에 김 생원은 집으로 돌아가지 못했고, 관수 역시 곽수창을 만나러 가지 못하고 남아 있어야만 했다. 한참 뒤에 돌아온 박춘의 어두운 표정을 본 관수는 조심스럽게 일어났다. 박춘은 곧장 김 생원의 방으로 향했는데 분위기가 심상치 않은 것을 느낀 관수는 슬쩍 따라 들어갔다. 박춘을 기다리고 있던 김 생원 역시 초조한 표정이었다.

"어찌 되었나?"

김 생원의 물음에 의자에 앉은 박춘이 땅이 꺼져라 한숨을 쉬었다.

"어찌 되긴, 평시서에 갔더니 한성부에서 누가 나와 있더군."

"그게 누군데?"

"누군지는 알 거 없다고 하는데 평시서 주부랑 한성부 구실아치들이 쩔쩔매는 걸 보면 좀 높은 사람인가 봐. 오늘 우리 신문에 실린 멸화군에 관한 기사 때문에 노발대발했네."

"틀린 얘기를 쓴 것도 아닌데 왜?"

김 생원의 반문에 박춘이 쓸쓸하게 웃었다.

"지금 틀리고 맞는 게 중요한 게 아닐세. 우리 신문에 난 글 때문에 높으신 분들 심기가 불편해졌다는 게 문제지."

"대체 왜 심기가 불편한지 이해할 수가 없네."

김 생원이 고개를 절레절레 저으면서 말하자 박춘이 대답했다.

"아랫것들이 자신의 잘못이나 실수를 알게 되고 얘기하는 게 싫은 거지. 예전에 활인서야 힘이 없는 곳이니까 우리가 버틸 수 있지만 이번 건 달라."

"어떻게?"

"수성금화사는 한성부에 속해 있고, 평시서도 마찬가지네. 만약 수성금화사 쪽 높으신 분이 평시서에 압력을 넣으면 난 끝장이야."

박춘의 얘기를 들은 김 생원이 조심스럽게 물었다.

"그 정도인가?"

"평시서는 운종가 상인들에게는 저승사자나 다름없는 존재야. 눈 밖에 나면 무슨 꼴을 당할지 몰라."

박춘이 절박한 표정으로 이어 말했다.

"그러니 이번에는 자네가 나를 좀 살려 주게."

"어, 어떻게 말인가?"

"자네가 잘못 알고 글을 썼다고 사과하는 글을 실어 주게."

"그게 무슨 말인가? 난 분명 멸화군 우두머리와 직접 얘기를 나누고 둘러본 다음에 썼단 말일세."

김 생원의 말에 박춘이 버럭 화를 냈다.

"누가 그걸 몰라서 하는 소린가."

"아니, 아무리 그래도 그렇지."

"제발 한 번만 살려 주게. 눈 딱 감고 써 주면 우리 신문은 아무 문제 없을 거야. 하지만 일이 잘못되면 나는 물론이고 자네도 이 일을 더 이상 할 수 없어."

"그 정도로 심각한 상황이야?"

"오죽하면 내가 이러겠어. 그러니 내 사정을 봐주게. 아닌 말로 내가 살아야 자네도 살 수 있는 거 아닌가."

크게 한숨을 쉰 김 생원이 말했다.

"생각할 시간을 좀 주게."

"이틀 정도는 시간을 벌 수 있네. 그 안에는 반드시 써 주게나."

"알겠네."

박춘이 신신당부를 하고 밖으로 나가는 것을 본 관수가 김 생원에게 물었다.

"어찌하실 겁니까?"

그러자 눈을 지그시 감은 채 골똘히 고민하던 김 생원이 대답했다.

"모두가 살길을 찾아야겠다."

김 생원의 대답에 실망한 관수의 목소리가 높아졌다.

"사과문을 쓰겠다는 말씀이십니까?"

"만약 내가 버티면 박춘은 물론이고 우리가 만났던 멸화군 김금돌도 화를 입을 수 있으니까."

"그렇다고 해도 진실을 외면할 수는 없습니다."

"진실은 사라지지 않는단다. 단지…….."

먹먹한 표정으로 말을 잇지 못하던 김 생원이 힘없이 덧붙였다.

"잠시 우리가 외면할 뿐이지."

"이런 식으로 사과를 하면 앞으로도 비슷한 일이 이어질 겁니다."

"그 문제는 좀 신중하게 생각해 봐야지."

실망한 관수가 목청을 높였다.

"이럴 수는 없습니다."

"어떻게 할지는 내가 결정할 것이다. 비난도 내가 받을 것이고."

김 생원의 대답에 관수는 문을 박차고 나갔다. 거리로 나온 관수는 김 생원이 부르는 소리를 뒤로한 채 곽수창을 만나기 위해 혜정교 쪽으로 뛰어갔다.

자초지종을 들은 곽수창은 코웃음을 쳤다.

"내가 뭐라고 그랬어. 그놈이나 저놈이나 다 똑같다고 했잖아."

혜정교 난간에 걸터앉은 관수가 힘없이 대꾸했다.

"우리 생원 나리는 다를 줄 알았어."

"진즉에 얘기했잖아. 옛날이야 힘없고 가난한 선비니까 아무 소리 못 했지만 지금은 기자라고 목에 힘주고 다니니까 본색을 드러내잖아. 양반들 눈에 멸화군이나 우리 같은 천한 것들이 사람처럼 보이겠어?"

곽수창의 비아냥거림에 속이 더 상한 관수는 난간 아래로 홀쩍 뛰어내렸다. 거기에는 거지 아이들이 주워다 놓은 자리가 펴져 있었다. 그곳에 팔베개를 한 채 벌렁 누운 관수를 본 곽수창이 말했다.

"누굴 좀 만나 볼래?"

"누구?"

관수의 물음에 곽수창이 눈빛을 반짝거리면서 대답했다.

"이 썩어 빠진 세상을 뒤집어 버리려는 사람."

"그런 사람이 있겠어?"

"너 살주계라고 들어 봤어?"

심상치 않은 곽수창의 말투에 관수가 몸을 일으키면서 물었다.

"아니, 그게 뭔데."

관수가 호기심을 드러내자 곽수창은 주변을 쓱 둘러보고는 귓가에 대고 말했다.

"양반들을 없애기로 맹세한 노비들의 모임이야."

"뭐라고?"

놀란 관수의 반문에 곽수창이 태연한 얼굴로 대답했다.

"양반들을 죽이고 부녀자들을 겁탈하고, 그들의 재산을 뺏어서 한풀이를 하는 거지. 생각만 해도 신나지 않아?"

"그, 그거 범죄잖아."

"범죄는 양반들이 저지르고 있어. 죄 없는 노비들을 괴롭히고 죽이고, 마음대로 팔아 버리잖아. 평생 사람 대접 한번 못 받아 보고 갈 거야?"

확신과 광기에 찬 곽수창의 말에 관수는 별다른 반발을 하지 못했다. 사람 좋은 김 생원을 모시고 지내기만 했다면 그의 말을 듣고 코웃음을 쳤을 것이다. 하지만 운종가에 나와 한성일보 일을 하면서 세상 사람들을 만나게 되었고, 부조리와 불합리에 맞닥뜨렸다. 그리고 그 바닥에 깔려 있는 신분제를 보게 되었다. 태어날 때부터 노비였던 관수는 자신이 왜 그런 신분으로 지내야 하는지를 알지 못했다. 알아보려고도 하지 않았고 알 필요도 없었다. 하지만 이제 고통스럽게 알아 가는 중이었다. 관수가 침묵을 지킨 채 입을 떼지 못하자 곽수창이 피식 웃었다.

"생각이 바뀌면 언제든 얘기해. 대신 비밀은 지키고."

"알았어. 그만 갈게."

해가 어느 정도 저물어 가는 걸 본 관수는 다리 위로 올라갔다. 그리고 남산골에 있는 집으로 발걸음을 옮겼다. 몇 발자국 걸어가는데 뒤에서 곽수창이 외쳤다.

"아직도 거기가 집인 거 같아?"

아무 대답도 못 한 관수는 서둘러 발걸음을 옮겼다. 해가 질 무렵 남산골의 집에 도착한 관수는 등잔불이 켜진 안방에서 책을 읽는 김 생원의 목소리를 들었다. 마음이 복잡한 관수는 조용히 자기 방으로 들어가서 문을 닫았다.

다음 날, 신문사로 향하는 김 생원의 발걸음은 유독 무거웠다. 신문사 역시 쥐 죽은 듯 고요했다. 관수는 도착하자마자 방으로 들어간 김 생원을 놔두고 꼬맹이와 함께 일을 했다. 박춘은 밤늦게까지 술을 마셨는지 보이지 않았다. 말없이 인쇄가 된 신문을 정리하던 관수는 일이 끝날 무렵 김 생원이 부르는 소리를 들었다. 문을 열고 들어가자 의자에 앉은 김 생원이 착 가라앉은 목소리로 말했다.

"글을 쓸 것이니 먹을 갈거라."

"예."

짤막하게 대답한 관수는 벼루를 꺼내서 물을 붓고 먹을 갈았다.

"미안하고 또 미안하다."

불쑥 김 생원이 말했다.

"그것이 어찌 주인님께서 저한테 미안하실 일입니까."

"무릇 어른이라면 어른의 도리를 다해서 어린 사람들에게 본보기를 보여야 하는 법이지. 나이만 먹는다고 어른은 아닌 법이다."

고민의 흔적이 역력히 남아 있는 김 생원의 말에 관수가 퉁명스럽게 물었다.

"그럼 잘못된 일인 줄 알면서 왜 하십니까?"

"지켜야 할 게 있기 때문이란다."

"거짓으로 말입니까?"

관수의 물음에 김 생원은 아무 대답도 하지 못하고 붓을 들었다. 관수 역시 더 이상 아무 말도 하지 않고 묵묵히 먹을 갈다가 책상 위에 올려놨다. 어색하고 무거운 침묵이 이어져 가는 찰나, 꼬맹이가 문을 열고 고개를 들이밀었다.

"불났대요."

꼬맹이의 얘기를 들은 관수가 물었다.

"어디서?"

"성 밖 광흥창(廣興倉)* 이래요."

광흥창이라는 말에 김 생원이 벌떡 일어났다.

"큰일이로구나. 거기 창고는 굉장히 커서 불이 나면 진화하기가 쉽지 않을 것인데 말이다."

관수 역시 부족한 인원으로 불을 끄러 가야만 하는 멸화군이 걱정되었다. 꼬맹이가 문을 활짝 열어젖히고 밖으로 뛰쳐나갔다. 운종가를 가로질러 황토현을 넘은 관수의 눈에 수레와 장비를 잔뜩 챙긴 멸화군이 거리로 나서는 게 보였다. 김금돌이 우왕좌왕하는 멸화군들에게 소리를 지르는 게 보였다.

"정신 똑바로만 차리면 괜찮다. 어서어서 움직여."

대열을 갖춘 멸화군들이 광흥창으로 가기 위해 돈의문 쪽으로 향했다. 길옆에 서서 지켜보던 관수는 대열을 따라가던 급수비자들을 봤다. 낑낑대며 수레를 밀고 가는 모습을 보고 가슴이 짠해진 관수는 그들을 말없이 따라갔다. 급수비자들이 끌고 가던 수레는 황토현 언덕 중턱에 멈춰 섰다. 지난번에 봤던 아이를 비롯한 급수비자들이 안간힘을 쓰면서 버텨 봤지만 꿈쩍도

---

* 조선 시대 관리들의 녹봉을 주던 관청으로 지금의 마포구 독막로에 있었다. 양화진에 온 세곡선들의 곡식을 보관했다.

하지 않았다. 지켜보던 관수는 팔을 걷어붙이고 수레바퀴를 붙잡았다. 수레를 밀던 급수비자가 갑자기 끼어든 관수를 보고는 알은체를 했다.

"너, 엊그제 기자랑 오지 않았니?"

"맞아. 내 이름은 관수야."

관수가 씩 웃어 보이자 상대방도 웃음을 지었다.

"난 상이라고 해. 도와줘서 고마워."

관수가 가세하면서 수레는 겨우 황토현을 넘었다. 돈의문을 빠져나오자 남쪽에서 연기가 치솟는 게 보였다. 그걸 본 상이가 중얼거렸다.

"엄청 큰불 같은데."

상이의 중얼거림을 들은 관수가 말했다.

"광흥창에 불이 났다고 하던데."

"거긴 한번 가 본 적 있어. 운종가의 상점들보다 몇 배는 큰 창고가 있었어."

"그런데 불나면 끄기 어렵겠지?"

관수의 물음에 상이가 얼굴을 찡그렸다.

"그런 데는 곡식을 꺼내야 한다고 난리를 칠 때가 많아서 더 위험해."

상이와 이런저런 얘기를 나누는 사이 멸화군은 광흥창에 도착했다. 가까이 갈수록 불길은 더 선명하게 보였는데 상이의 말대로 운종가의 상점과는 비교할 수도 없을 정도로 거대한 창고가 불길 속에 보였다. 주변에는 사람들이 몰려들어 물과 흙을 뿌리면서 불을 끄려고 했지만 아무 소용이 없었다. 관수는 입을 벌린 채 광흥창의 창고를 집어삼키고 있는 불길을 바라봤다. 열기는 몇 십 발자국 떨어져 있는 수레 근처까지 후끈거리게 만들 지경이었다. 김금돌이 이끄는 멸화군이 장비를 가지고 창고 가까이 접근하는데 녹색 관복을 입은 구실아치가 나타나서 김금돌에게 호통을 쳤다.

"불이 난 지가 언젠데 이제야 나타나는 것이냐."

"소식을 듣자마자 달려왔지만 워낙 거리가 멀어서 말입니다."

"어서 안에 있는 곡식부터 꺼내야 한다."

구실아치들의 얘기를 들은 김금돌이 손사래를 쳤다.

"아니 되옵니다. 창고가 언제 무너질지 모르는데 사람을 들여보낼 수는 없습니다."

"곡식이 다 타 버리면 어찌하라고, 잔소리하지 말고 어서 쌀부터 꺼내라!"

안 된다는 김금돌과 윽박지르는 구실아치의 입씨름이 길어지자 동료 구실아치들이 끼어들어 불을 끌 준비를 하는 멸화군들을 닦달해 불타는 창고 속으로 밀어 넣었다. 그걸 막으려던 김금돌은 구실아치들에게 두들겨 맞았다. 구경꾼들이 너무한 다고 수근거렸지만 말리는 사람은 없었다. 급기야 구실아치들 이 수레를 끌고 온 급수비자들도 잡아갔다. 관수도 끌려가려는 찰나 상이가 소리쳤다.

"얜 급수비자가 아니라 도와주러 온 거에요."

그러자 턱수염이 난 구실아치는 관수의 뒷덜미를 잡았던 손 을 놨다. 상이가 끌려가기 전에 관수에게 말했다.

"금방 나올 거니까 걱정 마."

구실아치들의 닦달에 멸화군과 급수비자 수십 명이 창고 안 으로 들어갔다. 그리고 쌀을 몇 가마 끄집어내려는 찰나, 뭔가 부서지는 소리가 들렸다. 구실아치들에게 두들겨 맞고 쓰러져 있던 김금돌이 외쳤다.

"창고가 무너진다! 어서 피해!"

김금돌의 외침이 채 끝나기도 전에 불에 타던 창고가 한쪽으 로 기울어졌다. 지붕을 덮고 있던 기와들이 와르르 쏟아지면서 어마어마한 열기가 주변으로 퍼져 나가자 기세등등하던 구실 아치들이 허둥지둥 도망쳤다. 몸을 일으킨 김금돌이 어서 피하 라고 외치는 찰나 뭔가 부러지는 소리가 들리면서 불타던 창고 가 순식간에 주저앉았다. 불붙은 나무들의 불똥들이 사방으로 튀면서 구경꾼들이 비명을 지르며 뒷걸음질 치거나 손으로 얼굴을 가렸다. 하지만 관수는 피하거나 가릴 생각도 하지 못하고 무너진 창고를 바라봤다. 어림잡아도 스무 명이 넘는 멸화군과 급수비자 들이 쌀을 꺼내기 위해 안에 들어간 상태였다.

"맙소사."

할 말을 잊은 관수의 곁을 스쳐 지나간 김금돌이 무너진 채 불타고 있는 창고의 잔해 앞으로 다가가서는 발을 동동 굴렀다.

"아이고, 이를 어째."

가까스로 정신을 차린 관수는 구경꾼 한 명이 들고 있던 물통을 낚아채서는 창고의 잔해가 있는 곳으로 다가갔다. 그리고 불길 위에 물을 뿌린 후에 입고 있던 저고리를 벗어서 불길을 내리쳤다. 관수의 모습을 본 멸화군과 구경꾼들도 불길을 잡는 데 가세했다.

불길은 얼마 후에 사그라들었지만 무너진 창고에 깔린 멸화군과 상이를 비롯한 급수비자들은 모두 목숨을 잃고 말았다. 시신들은 알아보기조차 어려울 정도로 불에 타 버리고 말았다. 시신을 수습하려던 구경꾼들은 모두 코를 감싸 쥐고는 돌아섰다. 김금돌만 서럽게 울면서 시신을 수습했다. 불을 끄느라 그을린 흔적으로 가득한 저고리를 한 손에 쥔 채 우두커니 넋을 놓고

서 있는 관수의 옆에 김 생원이 섰다.

"사람들이 대체 얼마나 상한 것이냐?"

힘없이 고개를 저은 관수가 대답했다.

"잘 모르겠지만 제가 보기에 스물은 넘습니다. 급수비자들은 제 또래였고요."

"오다가 들었는데 창고에 불이 난 게 광흥창의 구실아치들이 창고 안에서 노름을 하느라 켜 놓은 등잔불 때문이었다고 하더구나."

"그놈들이 쌀을 꺼내라고 반강제로 밀어 넣었어요. 불길 속으로요."

"어처구니없는 일이다. 아무리 곡식이 중요하기로서니 사람 목숨보다 중하지는 않을 터인데 말이다."

"천한 멸화군과 급수비자들은 사람으로 보이지 않았나 보지요."

날이 선 관수의 말에 김 생원이 뭔가 말을 하려고 하다가 입을 다물었다. 관수는 고개를 돌려서 불에 탄 창고를 바라보던 김 생원에게 덧붙였다.

"이게 거짓으로 지키려고 했던 것이었습니까?"

"이런 걸 지키려고 했던 것은 아니다."

한참을 서 있던 김 생원이 관수에게 말했다.

157

"이제 돌아가자."

"어디로 말입니까?"

"가서 글을 써야지."

"어떤 글을 쓰실 겁니까?"

관수의 물음에 김 생원이 단호하게 대답했다.

"올바른 글."

"알겠습니다."

아무 말 없이 신문사로 돌아온 김 생원은 글을 쓸 준비를 했다. 관수는 벼루에 먹을 갈면서 눈물을 흘리지 않으려고 애를 썼다. 붓을 잡은 김 생원은 눈을 감고는 생각에 잠겨 있더니 눈을 뜨고는 곧장 글을 썼다.

+ 한성일보 정축년 5월 스무닷새

어제 진시(辰時)* 무렵 한양 남쪽 광흥창에서 큰불이 났소이다. 그런데 한양의 멸화군이 불을 끄러 갔다가 무려 이십오 인이나 죽은 참담한 일이 벌어졌소이다. 이번 사고는 전적으로 광흥창 구실아치들의 잘못이외다. 그자들이 창고 안에서 노름을 하면서 피워 놓은 등잔불이 옮겨붙으면서 불

---

* 오전 7시에서 9시 사이를 가리킨다.

이 시작되었기 때문이오. 거기다 불을 끄러 온 멸화군을 곡식을 꺼내야 한다면서 한창 불타고 있는 창고 안으로 억지로 밀어 넣었소이다. 그중에는 물을 떠 오는 급수비자들도 포함되어 있었는데 물경 열다섯밖에는 안 된 아이들이었다고 하오. 그들이 들어간 직후 불길에 못 이긴 창고가 무너지면서 빠져나오지 못한 이들이 모두 저세상으로 가고 말았소이다. 이런 참담한 일이 벌어진 것은 전적으로 나라의 녹을 먹는 관리들의 잘못이오. 물론 하찮은 구실아치들의 소행이긴 하지만 궁극적으로 그들을 기찰하는 책무를 제대로 못했기 때문이외다. 그뿐만이 아니라 사흘 전에 우리 신문에 멸화군에 관한 글이 나간 적이 있었소이다. 그런데 그 기사를 본 수성금화사의 높은 관리가 한성부에 엄중히 얘기해서 우리 신문에 부당한 압력을 가했소이다. 당시 글은 기자가 직접 멸화군을 만나서 허심탄회하게 얘기를 들었던 것이기 때문에 한 점의 의혹이 있을 수가 없다오. 그런데도 불구하고 잘못했다는 글을 쓸 것을 강요했소이다. 무릇 관리란 위로는 임금을 받들고 아래로는 백성들을 돌봐야 마땅하오. 그런데 그런 막중한 책무는 망각한 채 자신들의 치부를 감추기에만 급급했으니 어찌 이런 자들을 나라의 녹을 먹는 관리들이라고 할 수 있겠소이까. 이런 잘못과 나쁜

관행이 쌓여 결국 스무 명이 넘는 사람들이 목숨을 잃게 되었소이다. 참으로 어처구니없고 통탄할 일이외다.

김 생원이 물 흐르듯 써 내려간 글을 본 관수는 참았던 눈물을 쏟았다. 김 생원은 붓을 내려놓고 일어났다. 글을 쓴 종이를 들고 밖으로 나간 그는 작업장에 있던 박춘에게 내밀었다.

"한 글자도 바꾸지 말고 신문에 실어 주게."

김 생원이 쓴 글을 천천히 읽어 본 박춘의 얼굴이 일그러졌다.

"이, 이보게."

"스무 명이 넘게 죽었네. 만약 내가 쓴 글을 보고 관리들이 정신을 차려서 멸화군을 제대로 관리하고 지원해 줬다면 이런 참담한 일은 일어나지 않았을 거야."

"그, 그렇긴 하지만 불난 데 부채질하는 게 아닌가 싶어서 말일세."

"감추고 숨기는 데만 급급한 자들일세. 부채질이 아니라 아예 후벼파 내지 않으면 이런 일은 또 벌어질 거야. 신문이라는 게 무언가? 새로운 얘기들을 알려서 잘못된 것을 고치고 바꾸도록 해야 하지 않겠나."

박춘은 고개를 저으면서 대답했다.

"난 장사꾼일세."

이번에는 김 생원이 고개를 저으면서 대답했다.

"아니, 자넨 선비였어."

박춘이 아무 말도 하지 않자 김 생원이 힘주어 말했다.

"이 글을 싣지 않으면 나는 더 이상 한성일보에서 일하지 않겠네."

"두렵지 않은가? 다시 돈 못 버는 신세로 돌아가는 게 말이야."

"내가 두려운 건 선비의 마음을 잃는 것일세."

김 생원의 단호함을 확인한 박춘이 종이를 넘겨받았다.

"그대로 싣도록 하지."

"고맙네."

박춘이 종이를 들고 돌아서는 모습을 본 관수는 안도의 한숨을 쉬었다. 그런 관수의 모습을 본 김 생원은 희미하게 웃었다.

"관수야, 네 마음은 나도 잘 안다. 답답하겠지만 세상은 결코 하루아침에 변하지 않는단다. 우리 같이 지켜보자꾸나."

김 생원의 따뜻한 말에 관수는 마음의 상처가 조금 아무는 것 같았다.

"그래서 일이 잘 풀렸다고 생각해?"

혜정교 난간에 걸터앉은 채 군밤을 우물거리며 씹던 곽수창이 물었다. 바로 옆에 앉아서 그가 건넨 군밤을 만지작거리던 관수가 고개를 끄덕거렸다. 김 생원이 한성부 관리들의 압력을 받았다는 사실까지 적은 글이 신문에 실린 지 보름이나 지났지만 그에게는 아직 어제 일처럼 생생했다.

"주인어른이 쓴 글이 신문에 실리고 나서 한성부가 발칵 뒤집어졌대. 그래서 수성금화사의 관리들이 여럿 처벌받을 거라고 그랬어."

"몇 놈 없어진다고 세상이 바뀌고 우리 같은 천한 놈들이 대접받는 세상이 올 거 같아?"

어림없다는 표정으로 군밤을 삼킨 곽수창이 지나가는 사람들을 물끄러미 바라보면서 말을 이어갔다.

"세상을 바꾸려면 한 번에 엎어야 해. 가진 놈들은 절대로 자기가 갖고 있는 것들을 포기하지 않아."

"신문에 글이 실리고 나서 조정에서 죽은 멸화군 가족들에게 곡식을 나눠 줬어."

"소용없다니까."

난간에서 내려온 관수는 남은 군밤을 입에 털어 넣었다. 그 모습을 본 곽수창이 물었다.

"어디 가게?"

손에 묻은 군밤 껍질을 바지 자락에 털어 낸 관수가 대답했다.

"활인서. 지난번에 죽은 멸화군들 장례식을 치른다고 해서 주인어른이랑 같이 가기로 했어."

"거기서 장례도 치러 줘?"

의외라는 표정으로 곽수창이 묻자 관수가 대답했다.

"불이 꺼진 후에 죽은 멸화군과 급수비자들의 시신을 모두 수습하긴 했지만 불에 심하게 타 버리는 바람에 온전한 모습들은 아니었어. 죽은 사람들 중 상당수가 지방에서 올라온 사람들이라서 여기서 장례를 치르기가 어렵거든. 그래서 활인서의 매골승들이 불교식으로 화장을 하기로 해 줬어."

"그런다고 해도 변하는 건 없어."

관수는 묻는 것인지 아니면 확신하는 것인지 알 수 없는 곽수창의 질문을 뒤로한 채 활인서로 향했다. 조금씩 변하는 건 불만이었지만 어쨌든 바뀌어 간다는 게 중요하다고 생각했다. 무엇보다 자신을 위해 애쓰는 주인 김 생원이 마음에 걸렸다. 세상에 나와 보니까 막상 그렇게 좋은 주인을 찾아보기가 어려웠던 것도 참고 넘어가기로 했던 이유 중 하나였다. 활인서에 도착한 관수는 대문 옆에 서서 얘기를 나누는 한증승 보현과 김 생원을 만났다. 관수가 한걸음에 달려가서 인사를 하자 보현 스님이 합장을 했다.

"어서 오너라."

"장례를 치러 준다고 해서 왔습니다."

"안쪽 한증실 옆에 천막이 있을 거다. 거기에 위패들이 모셔져 있다."

"알겠습니다."

인사를 한 관수는 활인서 안으로 들어가서 한증실로 향했다. 보현 스님의 말대로 한증실 옆에 작은 천막이 쳐져 있는 걸 본 관수는 그 앞으로 다가갔다. 천막 주변에는 죽은 멸화군과 급수비자 들의 가족과 친척으로 보이는 사람들이 상복을 입은 채 슬픔에 빠져 있는 게 보였다. 그들 곁을 지나친 관수는 천막 안으로 들어갔다. 자리가 깔린 천막 한쪽에 세워진 책상에는 죽은 사람들의 위패가 나란히 서 있었다. 상이의 위패를 찾기 위해 하나씩 들여다보던 관수가 중얼거렸다.

"안 보이네. 어디 있는 거야?"

혹시나 잘못 봤나 하는 생각에 다시 천천히 살펴봤지만 보이지 않았다. 그러다가 한 가지 사실을 더 깨달았다. 광흥창의 창고에서 숨진 멸화군과 급수비자는 스무 명이 넘었지만 위패는 열 개 남짓이었던 것이다. 위패를 모셔 놓은 곳이 더 있을까 싶어서 밖으로 나와 두리번거렸지만 아무것도 보이지 않았다. 고개를 갸웃거리던 관수는 물어볼 만한 사람을 찾아봤다. 때마침 예전에 고아원 때문에 왔을 때 만났던 안종복이 보였다. 그에게

다가간 관수가 물었다.

"광흥창 창고에서 숨진 사람들 위패를 찾아왔는데요."

"저기 눈앞에 있잖아."

다행스럽게도 그의 얼굴은 기억하지 못하는 눈치였는지 안종복이 턱으로 천막을 가리키면서 통명스럽게 대답했다.

"저긴 가 봤는데요. 절반밖에 없어서요."

"누구 위패를 보러 온 건데?"

"급수비자였던 상이요."

관수의 얘기를 들은 안종복이 코웃음을 쳤다.

"그런 천한 것들한테 위패를 왜 만들어 줘?"

머리를 심하게 한 대 맞은 것 같은 충격을 받은 관수가 더듬거리면서 물었다.

"그래도 나라를 위해서 불 끄는 일을 하다가 죽었잖아요."

관수의 반발에 인상을 확 찌푸린 안종복이 대꾸했다.

"그건 내가 알 바 아니고, 양인들 위패만 모시기로 했다."

안종복의 얘기를 듣고 어이가 없어진 관수가 물었다.

"말도 안 돼요. 다 같이 죽었는데 왜 그 사람들만 위패를 만들어요."

"어차피 양인들 유가족이 천한 것들 위패까지 같이 놓는 걸 허락할 일도 없고 말이야."

안종복이 대수롭지 않다는 듯 내뱉는 말에 너무나 충격을 받은 관수는 할 말을 잃고 돌아섰다. 줄줄 흘러내리는 눈물이 앞을 가렸다. 활인서 밖으로 뛰쳐나가던 관수는 보현 스님과 얘기를 마치고 들어서는 김 생원과 마주쳤다.

"관수야! 무슨 일이냐!"

주먹을 불끈 쥔 관수는 눈을 부릅뜬 채 김 생원에게 소리쳤다.

"양인들의 위패만 보였습니다. 똑같이 죽었는데 누구는 위패를 모셔 놓고 누구는 나 몰라라 하는 겁니까?"

"그게 무슨 말이냐!"

"죽은 다음에도 신분에 맞춰서 애도를 해야 하는 건가요?"

"양인이랑 천인을 구분해야 하는 건 맞는 말이다."

같이 화를 낼 것이라고 생각한 김 생원이 뜻밖의 말을 하자 관수는 충격에 빠지고 말았다.

"그렇다면 저는 더 이상 드릴 말씀이 없습니다."

내뱉듯이 대꾸한 관수는 김 생원을 두고 달려갔다. 가슴이 터질 것 같은 분노와 울분을 견딜 수 없었다. 세상은 변하지 않을 것이라는 곽수창의 말이 힘껏 달리는 관수의 귓가에 울렸다. 혜정교까지 단숨에 달려간 관수는 다리 초입에 서서 숨을 헐떡거렸다. 그러자 다리 아래에서 다른 여리꾼들과 술을 마시고 있던 곽수창이 올려다봤다. 곽수창이 술병을 들고 위로 올라왔다.

그러고는 아무 말 없이 술병을 내밀었다. 관수는 그가 건넨 술병을 들고 단숨에 들이켰다. 톡 쏘는 시큼한 술이 들어가자 가슴속에서 불길이 확 일어났다. 가볍게 헛구역질을 한 관수가 술병을 돌려주자 곽수창이 고개를 저었다.

"다 마셔. 술이라도 없으면 견디기 힘든 세상이지."

"정말 그러네."

좌절한 관수의 얘기를 들은 곽수창이 물었다.

"이제 내 말이 무슨 뜻인지 알겠지?"

"충분히."

"마침 잘됐네. 소개해 줄 사람들이 있어."

"누구?"

관수의 물음에 곽수창이 다리 아래쪽을 슬쩍 바라보면서 대답했다.

"살주계 사람들."

얘기를 듣고 보니 다리 아래에서 술을 마시고 있던 사람들이 평범해 보이지는 않았다. 그중 사내 한 명이 위로 올라와서는 곽수창에게 물었다.

"얘가 지난번에 얘기한 친구니?"

"맞아요."

곽수창이 고개를 끄덕거리자 사내는 관수를 위아래로 훑어

봤다. 사내는 평퍼짐한 얼굴과 축 늘어진 눈꼬리를 가지고 있었는데 코끝이 얽어 있는 곰보였다. 곰보가 관수에게 물었다.

"얘기는 많이 들었다. 우리와 술이나 한잔하면서 얘기를 나눌까?"

잠시 주저하던 관수가 고개를 끄덕거렸다. 곽수창이 그런 그의 어깨에 손을 올리면서 말했다.

"잘 생각했어. 우리가 힘을 합쳐 좋은 세상을 만들자."

비진흥래 悲盡興來

슬픈 일이 다하면 즐거운 일이 온다는 뜻으로,
세상일은 돌고 도는 것임을 이르는 말. 원말은
'흥진비래(興盡悲來)'이다.

오늘의 달,
내일의 해

여름에 접어들면서 신문사 일은 더욱 바빠졌다. 박춘은 나날
이 신문을 보는 사람들이 늘어나자 즐거운 비명을 질렀다. 그런
바쁜 와중에 관수는 김 생원과 점점 더 멀어졌다. 그 사건 이후
관수는 노비들의 비참한 삶에 대해서 눈을 떴다. 곽수창은 김
생원같이 어설프게 온정을 베푸는 사람이야말로 진짜 나쁜 주
인이라고 잘라 말했다. 관수는 급수비자와 노비 들은 뺀 나머지
멸화군의 장례를 치른 것에 별다른 분노를 보이지 않는 김 생원
의 모습에서 실망과 좌절감을 느꼈다. 그렇게 시간이 흐르면서

관수는 곽수창의 소개로 만난 살주계 사람들과 점점 더 자주 어울렸다. 그들의 얘기를 듣고 분노하고 좌절하면서 점차 자신의 처지를 느끼게 되었다. 여느 때처럼 혜정교 다리 밑에서 살주계 사람들과 만난 관수는 늘 나오던 곰보의 모습이 보이지 않자 곽수창에게 물었다.

"곰보 아저씨는 어디 갔어?"

잠시 무거운 침묵이 흐른 후에 곽수창이 대답했다.

"팔려 갔어."

노비는 주인 마음대로 사고팔 수 있기 때문에 가족끼리 영영 이별하는 경우도 적지 않았다. 관수 역시 걸음마를 뗄 무렵 김 생원의 집으로 팔려 오면서 부모와 헤어져야만 했다.

"어디로?"

"법성포, 조기잡이 배를 탔을 거야."

곽수창의 얘기를 들은 관수가 고개를 절레절레 저었다.

"한양에서만 쭉 지냈는데 갑자기 배를 탈 수 있을까?"

"당연히 못 타지. 주인인 최천식이 일부러 보낸 거야."

"일부러 보내다니?"

"곰보 아저씨가 반항하니까 험한 일을 하는 곳으로 팔아 버렸어. 다른 노비들에게 본보기 삼아서 말이야."

"맙소사."

"어처구니없는 일이지. 우린 물건이 아니라 사람이야. 그런데 주인 마음대로 사고판다는 건 말도 안 돼. 특히 이번처럼 죽도록 고생할 곳으로 보내는 건 어떻게든 막아야 한다고."

"그런 일이 벌어질 거라고는 상상도 못 했어."

관수의 말에 곽수창이 피식 웃었다.

"너야 마음씨 착한 주인 밑에 있으니까 그렇지. 최천식 같은 미친놈이 주인으로 있으면 노비 목숨은 바람 앞의 등불 신세야."

"그 정도로 심한 사람이야?"

관수의 물음에 함께 있던 살주계 사람들 중 한 명인 매부리코가 끼어들었다.

"그놈은 사람이 아니야. 노비 알기를 파리만도 못하게 생각하는 녀석이지."

매부리코의 말에 곽수창이 맞장구를 쳤다.

"악명이 자자한 놈이야. 얼마 전에 그 집에서 큰 사건이 있었거든. 그래서 곰보 아저씨가 동료 노비들을 규합해서 항의를 했는데 오히려 잘못을 뉘우치지 않았어."

곽수창의 말을 들은 관수가 물었다.

"큰 사건이라니?"

"거기 계집종의 딸이 도망갔다가 잡혀 왔는데 말이야. 다시는 도망을 치지 못하게 한다고 달군 쇠로 손바닥에 구멍을 뚫고 가죽 끈을 꿰어 버렸어."

"그게 진짜야?"

"그렇다마다. 웃기는 건 아무런 처벌도 안 받았다는 거지."

살기 어린 표정으로 살주계 사람들은 다시금 술을 마셨다.

한성일보가 잘 팔리면서 덩달아 김 생원이 써야 할 글도 늘어났다. 그러면서 김 생원이 글을 쓰는 곳도 2층으로 옮겨졌다. 계단을 오르내려야 하는 번거로움이 있었지만 조용히 글을 쓰거나 얘기를 나눌 수 있게 되었다. 며칠 동안 얘기할 틈을 엿보던 관수는 김 생원이 신문사의 방에서 글을 쓸 때를 노려서 조심스럽게 얘기를 들려줬다.

"그게 사실이냐?"

관수의 얘기를 들은 김 생원이 눈을 껌뻑거리면서 물었다.

"사실이고말고요. 제 귀로 똑똑히 들었습니다."

"아무리 도망친 노비라고 해도 손바닥을 뚫고 가죽 끈을 꿴다는 건 있을 수 없는 일이다. 정 벌을 주고 싶다면 관아로 데려가서 법에 따라 처벌을 해야지."

"한번 만나 보시겠습니까?"

"최천식이라는 주인 말이냐?"

"만나서 왜 그런 짓을 저질렀는지 알아보는 것도 좋을 거 같습니다."

생각에 잠겨 있던 김 생원이 고개를 끄덕거렸다.

"당사자와 직접 얘기를 하는 게 최우선이니."

"제가 어디 사는지 압니다."

흥분한 관수의 말에 붓을 내려놓은 김 생원이 조용히 물었다.

"그런데 어디서 그자의 얘기를 들었느냐?"

김 생원답지 않은 날카로운 물음에 당황한 관수는 더듬거리면서 대답했다.

"오가다가 들었습니다."

"그랬구나. 오늘은 오후에 박춘과 약속이 있으니 내일 가도록 하자."

"알겠습니다."

더 있다가는 속마음을 들킬 것 같아 관수는 밖으로 나가려고 했다. 문을 닫고 나가려는데 김 생원이 불쑥 말했다.

"관수야. 예전에 글은 어디까지 배웠느냐?"

"천자문 떼고 소학까지 배우고 있었습니다."

"다음 달부터 다시 글공부를 해 보자."

관수가 문을 잡은 채 물었다.

"무엇을 위해서요?"

"공부는 뭘 얻기 위해서 하는 게 아니다."

노비가 주인에게 하듯 공손하게 인사를 한 관수는 조용히 문을 닫고 나갔다.

다음 날, 돈의문을 나선 두 사람은 성문 밖에 있는 경기 감영을 지나자마자 북쪽으로 꺾인 의주대로를 따라 걸었다. 의주로 이어진 길이라서 그런지 사람들의 왕래가 적지 않았다. 특히 땔감을 산더미처럼 짊어진 소들이 줄지어 돈의문으로 향하는 것이 보였다. 야트막한 오르막길을 따라 올라가자 멀리 인왕산과 북악산이 보였다. 산줄기를 따라 한양의 성곽이 구불구불 이어졌고, 무악재까지 민가들이 빼곡하게 자리 잡은 것이 눈에 들어왔다. 눈에 보이는 풍광들을 말없이 바라보던 관수에게 김 생원이 말을 건넸다.

"요 며칠 사이 고민거리가 있는 듯하구나."

"아닙니다."

"사람이 생각을 하는 건 당연한 일이다. 그러면서 점차 사람이 되어 가는 거지."

"생각을 하면 사람이 될 수는 있는 겁니까?"

관수는 최대한 감정을 억누른 채 물었지만 김 생원은 어렵지 않게 속마음을 눈치챘다.

"노비라는 것은 신분에 불과할 뿐이다. 하늘이 정한 것이니 어쩔 수 없는 일이지만 사람이라는 사실은 변함이 없다."

"주인님께서는 늘 그렇게 말씀하셨죠. 하지만 세상에는 노비를 짐승만도 못하게 다루는 사람도 많습니다."

한숨을 깊게 쉰 김 생원이 말했다.

"그런 사람이 왜 없겠느냐. 하지만 노비가 주인의 소유물이라는 것 또한 사실이다."

"그러니까 마음대로 처벌하고 죽여도 된다 이 말입니까?"

"당치도 않은 소리. 나라에서는 주인이라고 해도 노비를 사사롭게 처벌하는 것을 금하고 있다. 도망을 치거나 주인을 해치려고 한 노비는 마땅히 국법에 의해서 처벌을 받아야 하지."

"노비를 사사롭게 처벌해서 벌을 받은 주인이 있습니까?"

관수의 물음에 김 생원은 천천히 고개를 저었다.

"안타깝게도 찾아볼 수 없구나."

"그렇다면 이번에 만날 최천식도 처벌할 수 없겠군요."

"뭐든 속단하는 것은 금물이다. 일단 만나서 확인해 보고 사실이라면 그만두도록 설득해 봐야지."

두 사람의 얘기는 그것으로 끝났다. 최천식의 집은 모화관(慕華館)* 동쪽에 있었다. 때마침 대문 앞에 물을 뿌리고 빗질을 하던 노비가 보이자 김 생원이 다가가 물었다.

"집주인을 만나러 왔는데 혹시 있느냐?"

"반송정(盤松亭)**에서 열린 시회(詩會)***에 참석하기 위해 출타하셨습니다요."

돌아서서 몇 걸음 옮긴 김 생원이 관수에게 말했다.

"반송정이면 오던 길에 있는 곳이니 가 보면 되겠다."

사람들이 한양의 서쪽에 있다고 해서 서지(西池)라고 부르는 연못은 꽤 컸다. 연꽃으로 뒤덮인 연못 주변은 무성한 소나무들이 자라고 있는 넓은 공터였다. 반송정은 연못의 북쪽 소나무 숲 사이에 보였다. 오래된 소나무들이 만들어 낸 깊은 그늘 사이로 반송정의 뾰족한 기와지붕이 눈에 들어왔다. 연못가를 따라 천천히 걸어가자 떠들썩한 웃음소리도 함께 들려왔다. 그 소리를 들은 김 생원이 혀를 찼다.

"명색이 시회라고 하면서 저렇게 난잡하게 떠들다니."

가까이 다가가자 모습들이 또렷하게 보였다. 갓과 도포 차림의 선비 대여섯 명이 반송정 안에 앉아서 술잔을 주거니 받거니 하면서 웃고 떠드는 중이었다. 정자 옆 공터에는 그들이 타

---

* 서대문구 현저동에 있던 건물로 중국 사신들이 머물던 곳이다.
** 돈의문 밖 서지라는 연못 옆에 있던 정자.
*** 참석자들이 시를 짓고 이를 품평하는 모임. 조선 후기에 크게 유행했다.

고 온 것으로 보이는 말들이 나란히 서 있었고, 정자 아래에는 노비들이 쪼그리고 앉아 있는 게 보였다. 정자에서 웃고 떠들던 선비들이 김 생원을 보고는 장난을 쳤다.

"어이, 거기 가시는 분은 뉘시오?"

"지나가는 과객이외다. 서지의 풍경이 일품이라고 해서 둘러 봤는데 선비들이 보여서 찾아왔소이다."

"시회 중이니 와서 시나 한 수 짓고 가시구려."

이제 겨우 스무 살 남짓해 보이는 선비들이 무례하게 구는데 도 불구하고 김 생원은 넉살 좋게 받아들였다.

"마침 다리도 아팠는데 잘되었네그려."

김 생원이 냉큼 정자로 올라가자 관수는 벗어 놓은 짚신을 가지런히 놓으면서 시회를 여는 선비들을 훔쳐봤다. 하나같이 하얗고 창백한 피부에 귀티가 줄줄 흘렀다. 고생이라고는 태어 나서 한 번도 겪어 보지 못한 것 같은 모습이라 몹시 이질적으 로 보였다. 넉살 좋게 그들 틈에 낀 김 생원이 물었다.

"오늘 시회의 주제는 무엇이오?"

"딱히 정한 것은 없소이다. 각자 마음에 드는 대로 짓는 것이 오."

"그럼 나도 내가 정해서 해 보겠소이다."

김 생원의 대답에 그들은 서로의 얼굴을 바라봤다. 초록색 도포를 입은 선비가 대답했다.

"좋소이다. 무엇으로 하시겠소?"

"오다가 해오라기를 봤는데 그걸로 해도 괜찮겠소?"

김 생원의 제안에 초록색 도포를 입은 선비가 대꾸했다.

"좋소. 그럼 해 보시구려."

눈을 감은 채 잠시 생각에 잠겨 있던 김 생원이 잠시 후 감았던 눈을 떴다. 그러고는 종이를 한 장 펼쳐 놓고 붓을 들었다. 벼루에 고여 있는 먹물을 붓으로 듬뿍 찍은 김 생원이 천천히 시를 읊조리면서 적어 나갔다.

동호의 봄 물결은 쪽빛보다 푸르다　東湖春水碧於籃

눈에 보이는 건 두세 마리 해오라기　白鳥分明見兩三

노를 젓는 소리에 새들은 날아가 버리고　搖櫓一聲飛去盡

노을 아래 산 빛깔이 강물 아래 가득하다　夕陽山色滿空潭*

볼품없어 보이던 김 생원을 얕잡아 보던 젊은 선비들의 눈이 휘둥그레졌다. 한 방 먹은 표정의 선비들을 바라보던 관수는 정

---

*　단원 김홍도가 그린 〈도강도〉에 적힌 시로 나무꾼 시인으로 유명한 정초부가 지은 것이다.

자 주변을 살펴봤다. 유유자적하게 시를 짓는 선비들 주변으로 배고프고 지친 노비들이 있었다. 돌이나 나무뿌리에 기대앉은 그들을 바라보던 관수는 그중 한 명에게서 눈을 떼지 못하고 있었다. 열두세 살쯤 되어 보이는 계집종이었는데 왼쪽 손에 두툼한 천을 감고 있었다. 곽수창에게 들었던 얘기를 떠올린 관수는 계집종 쪽으로 다가갔다. 그가 다가가자 계집종은 천을 감은 왼쪽 손을 뒤로 숨긴 채 뒷걸음질 쳤다. 관수는 괜찮다는 손짓을 하고는 관송정에서 보이지 않는 소나무 뒤쪽을 가리켰다. 계집종이 그쪽으로 가자 뒤따라간 관수가 말했다.

"뭘 좀 물어볼 게 있어서 불렀어."

꾀죄죄한 옷차림에 잔뜩 주눅 든 계집종은 경계를 풀지 않았다.

"내 이름은 관수야."

"저, 저는 삼월이라고 해요."

관수는 삼월이의 왼손을 가리키면서 물었다.

"그 손은 다친 거니?"

삼월이는 대답 대신 고개를 끄덕거렸다.

"어쩌다가?"

"제가 잘못해서요."

"혹시 주인이 손바닥을 지져서 꿰뚫었어?"

관수가 조심스럽게 묻자 삼월이가 당장이라도 울 것 같은 표정을 지었다.

"아니에요. 그냥 제가 잘못해서 다친 거예요."

관수는 울컥해서 말했다.

"네가 잘못한 건 없어. 설사 잘못했다고 해도 손바닥에 구멍을 뚫고 가죽 끈을 꿰어 버리는 짓을 해도 되는 건 아니야."

관수의 위로에 삼월이는 자신의 왼손을 내려다봤다. 두툼하게 천이 감겨 있었지만 바깥으로 피가 배어 나왔다.

"너무 아팠어요. 그런데 비명을 지르면 목을 자른다고 해서 이를 악물고 참아야만 했어요."

"왜 그런 짓을 한 거야."

관수의 물음은 반송정에서 들려오는 왁자지껄한 웃음소리에 가려졌다. 소나무 밖으로 고개를 슬쩍 내밀고 살펴보자 아까 김 생원과 말을 나눴던 초록색 도포를 입은 선비가 일어나서 덩실덩실 어깨춤을 추는 중이었다. 갸름하고 창백한 얼굴은 귀티가 흘러넘쳤지만 동시에 차가운 광기도 엿보였다. 그 모습을 보는 순간 관수는 알 수 있었다.

"저 사람이 최천식이구나."

관수 옆에 서서 반송정을 바라본 삼월이가 고개를 끄덕거렸다.

"맞아요."

"네 손을 왜 뚫은 거야?"

"어, 어머니가 보고 싶었어요."

마른침을 삼킨 삼월이가 말을 이어 갔다.

"원래 저는 어머니랑 같이 과천에 있었어요. 주인님 논과 밭이 거기 많이 있어서 우리 가족은 거기 머무르면서 농사를 지었거든요. 그러다가 작년에 갑자기 주인님이 저를 한양으로 데려오셨어요."

"저런, 가족이랑 갑자기 떨어져서 지내야 했네."

"네. 아는 사람도 없고 주인님은 툭하면 욕설에 매질을 해서 너무 견디기 어려웠어요. 그러다가 어머니가 보고 싶어서 과천으로 내려갔어요."

삼월이의 얘기를 들은 관수는 헛웃음을 지었다.

"어이가 없네. 도망친 게 아니라 과천에 있는 가족들을 만나러 갔다고?"

"네. 아버지가 한양으로 올라가서 주인님한테 제가 과천으로 돌아왔다고 알렸어요. 그랬는데도 사람을 불러서 끌고 올라오더니 도망을 쳤다고 심하게 꾸짖었어요. 그걸로 끝인 줄 알았는데 부지깽이를 달궈서 제 손을 뚫고 거기에 가죽 끈을 꿰어 놨어요. 다시는 도망치지 못하게 한다면서요."

"맙소사."

사연을 듣고 어찌할 바를 모르던 관수가 조심스럽게 물었다.

"손은 괜찮니?"

"며칠 동안은 크게 붓고 고름도 나와서 무서웠는데 곰보 아저씨가 많이 도와줬어요. 그런데 며칠 전에 주인님이 곰보 아저씨가 버릇없이 군다면서 멀리 남쪽으로 쫓아 보냈어요. 과천에 있는 부모님에게 이 사실을 알려 주겠다고 했는데 그걸 알아차렸나 봐요."

"네 주인은 원래 그렇게 잔인하니?"

"듣기로는 어릴 때부터 심했대요. 주인님의 어머니가 살아 계실 때는 그나마 괜찮았는데 재작년에 돌아가시고 나서부터는 저렇게 난폭해졌다고 그랬어요."

얘기를 마친 삼월이는 훌쩍거리면서 울었다. 관수가 울고 있는 삼월이에게 말했다.

"……힘내."

울고 있던 삼월이가 고개를 끄덕거렸다. 어깨를 토닥거려 준 관수는 반송정 쪽을 쳐다봤다. 더 이상 웃음소리는 들리지 않고 무거운 분위기가 흘렀다. 걱정스러운 마음이 든 관수는 그쪽으로 발걸음을 옮겼다. 그가 거의 도착할 즈음, 김 생원과 최천식을 제외한 다른 선비들이 반송정에서 나오는 게 보였다. 그들을 거슬러 근처에 도착하자 두 사람이 언성을 높인 채 말다툼을 벌이는 모습을 볼 수 있었다. 아마 두 사람의 말다툼이 길어지자 불편함을 못 이기고 자리를 뜬 것 같았다. 김 생원이 붉게 상기된 얼굴로 입을 여는 것이 보였다.

"비록 노비가 주인의 소유라고 해도 죽고 사는 것까지 결정할 수는 없는 일이외다."

김 생원의 얘기가 끝나자 최천식이 눈을 희번덕거리면서 대답했다.

"엄연히 주인이 돈을 주고 산 노비인데 왜 마음대로 못한다는 말이오."

"어떤 일을 시키거나 누구에게 사고파는 걸 얘기하는 게 아니오. 주인이 함부로 처벌하는 것을 막자는 얘기요."

얘기를 들은 최천식이 딱하다는 표정으로 물었다.

"거느리고 있는 노비가 몇이나 되시오?"

김 생원은 헛기침으로 대답을 대신했지만 눈치 빠른 최천식은 반송정 옆에 서 있는 관수를 보고는 씩 웃었다.

"하나나 둘이라면 아무 문제 없을 게요. 하지만 노비들 숫자가 수백 명이 되고, 전국 각지에 흩어져 있다면 얘기가 달라지지요."

"어떻게 말이오?"

"본보기가 필요하오. 허튼 짓을 하면 큰 벌을 받는다는 두려움이 없으면 도망치거나 게으름을 피울 궁리밖에는 안 한다 이 말입니다."

"멍석말이나 가두어 하루 이틀 굶기는 것은 나도 이해할 수 있소. 하지만 가혹하게 매질해서 혹시나 몸이 상하게 되면 일을 시켜야 하는 주인 입장에서도 손해가 아니오?"

"손해는 주인이 감당하면 그만이오. 차라리 상전을 능멸하는 노비를 처벌해서 다른 노비들을 고분고분하게 만드는 게 더 유리하지요."

"자고로 윗사람은 덕으로서 아랫사람을 다스려야 한다고 했소이다."

"저는 덕이 별로 없는 사람이라서 말입니다. 돌아가신 어머니는 아랫것들을 너무 풀어 줬습니다. 덕분에 주인을 우습게 보고 능멸하는 노비들로 넘쳐나고 말았습니다."

둘 사이에 흐르는 차가운 분위기는 좀처럼 가시지 않았다. 최천식은 능멸이라는 단어를 자주 말했다. 김 생원이 답답한지 한숨을 쉬고는 입을 열었다.

"사람이 귀하고 천함으로 나뉘긴 해도 근본적으로 같은 존재요. 그러니 지나치게 가혹하게 대하는 것은 위로는 임금의 뜻을 저버리는 것이고 아래로는 양반의 도리를 벗어나는 것이외다."

김 생원의 얘기를 들은 최천식이 주먹으로 술과 안주가 놓인 소반을 내리쳤다. 쿵 하는 소리가 들리자 김 생원도 적잖게 놀란 눈치였다.

"보아하니 글줄깨나 읽은 거 같은데 남의 집안일에 감 놔라 배 놔라 하는 것도 책에 나와 있답니까?"

분위기는 순식간에 싸늘해지고 말았다. 헛기침을 한 김 생원 역시 지지 않고 목소리를 높여 말했다.

"노비를 다루는 일은 엄격하게 법령이 정해져 있으니 집안일이라고 볼 수 없소이다. 그리고 어디서 연배가 많은 선비를 겁박하고 조롱하는 것은 배웠소!"

최천식에게 쏘아붙인 김 생원은 자리를 벌떡 일어나서 반송정을 나왔다. 관수는 김 생원의 뒷모습을 노려보는 최천식이 주먹을 불끈 쥐고 있는 것이 보였다. 그런 최천식을 두고 반송정을 나온 김 생원이 돈의문으로 향하자 관수는 얼른 따라붙었다. 삼월이는 아직 나무 뒤에 숨어 있었다. 관수는 기운 내라는 뜻을 담아서 고개를 끄덕거렸다. 삼월이도 알아들었는지 고개를 끄덕거리는 것으로 대답을 대신했다. 길을 걷던 김 생원이 고개를 절레절레 저었다.

"저렇게 말귀가 안 통하는 자는 처음 봤다."

"아까 얘기 나누시는 동안 손바닥이 뚫린 벌을 받은 계집종을 만났습니다."

"이야기도 나눴느냐?"

"도망친 게 아니라 과천에 있는 부모를 만나려고 했답니다. 과천에서 부모와 함께 지내고 있었는데 갑자기 주인이 한양으로 끌고 와서 일을 시키는 게 너무 힘들어서 말입니다."

관수의 얘기를 들은 김 생원이 혀를 찼다.

"무릇 사람을 다룰 때는 마음을 먼저 얻어야 하는 법, 어찌 난폭하게 아랫사람을 다루는 것을 자랑스럽게 생각하는지 모르겠다."

"아까 그 사람이 얘기하던 능멸이라는 것이 무슨 뜻입니까?"

"아랫사람이 윗사람을 업신여기고 깔본다는 얘기다."

"그 사람은 자신이 능멸당한다고 생각하는 건가요?"

"주인이 그렇게 험악한데 어찌 아랫것들이 얕잡아 볼 수 있겠느냐. 그냥 그걸 핑계로 처벌하는 것에 재미를 들린 듯하다."

김 생원의 얘기를 들은 관수는 몸이 떨리는 것을 느꼈다.

"사람을 괴롭히고 벌주는 것을 쾌락으로 삼다니, 믿기지 않습니다."

"폐주 연산군이 그랬다. 백성들이 드나들지 못하는 사냥 구역인 금표를 늘리고, 옳은 말을 하는 신하들을 처벌하고 모욕을 주는 것으로 쾌락을 찾았지. 결국 견디다 못한 선비들이 들고 일어나서 반정으로 인해 폐위당하고 말았다."

"최천식도 연산군처럼 처벌받을 수 있나요?"

관수의 물음에 김 생원이 괴로운 표정으로 고개를 저었다.

"아랫사람이 윗사람을 능멸하는 것을 처벌하는 규정이 있긴 하지만 반대의 경우는 찾아보기 어렵다."

"불공평합니다. 그냥 괴롭힌 게 아니라 어린 여자애의 손바닥을 뚫고 가죽 끈을 꿰었습니다. 아직도 상처가 낫지 않은 걸 제 눈으로 똑똑히 보았습니다."

"나는 노비의 처벌은 나라에서 정한 대로 해야 한다고 믿는다. 하지만 그렇지 않고 자기 멋대로 해도 된다고 생각하는 선비들이 더 많은 것 또한 현실이다. 기껏 해 봤자 속전(贖錢)*을 바치는 것으로 대신하겠지. 보통은 보는 눈들도 있고, 바쳐야 하는 속전이 아까워서 참는 경우가 많지만 그럴 자는 아닌 듯싶구나."

"그럼 지켜보기만 해야 한단 말인가요?"

"일단 신문에 자제하라는 글을 올릴 생각이다. 하지만 들을지는 알 수 없구나."

---

* 처벌을 대신해서 돈을 바치는 것으로 현대의 벌금이나 보석 제도와 유사하다. 주로 양반들이 육체적인 형벌을 대신해 속전을 내는 경우가 많았다.

김 생원의 말을 들은 관수는 주먹을 불끈 쥔 채 중얼거렸다.

"삼월이에게 도와준다고 했는데……."

"방법을 찾아보자꾸나. 일단 신문사로 가서 글부터 써야겠다."

✚ 한성일보 정축년 7월 초엿새

자고로 사람은 태어나면서부터 귀하고 천함이 정해져 있소이다. 그래서 높은 사람은 아랫사람을 거느리고, 아랫사람은 윗사람에게 순종하도록 되어 있다오. 하지만 아랫사람, 특히 천한 노비라고 해서 윗사람이 자기 마음대로 처벌할 수 있는 것은 아니오. 나라에서는 어떤 죄를 지었을 때 어떻게 처벌하는지에 대해서 국법으로 정했고, 관아에서만 처벌할 수 있소이다. 최근 들어서 그런 국법을 무시하고 멋대로 처벌하는 사례가 늘고 있어서 참으로 심려가 되오. 임금께서 천한 자라고 해도 나라의 백성이니 함부로 처벌하지 말라는 윤음(綸音)*을 여러 차례 내렸다는 점을 유념해야 할 것이오. 특히 얼마 전에 모화관 근처에 사는 최씨 성을 가진 양반이 어린 계집종이 도망치려고 했다는 이유로 달군 쇠

---

* 임금이 대신과 백성 들을 타이르는 문서로 법적 효력을 지니고 있다.

로 손바닥을 꿰뚫고 가죽 끈을 꿰어 버리는 짓을 했소이다. 도망을 치는 것은 죄이지만 일이 고되고 힘들어서 과천에 있는 부모에게 돌아간 것이라고 하니 딱히 죄를 물을 일도 아니외다. 그런데도 최씨 양반은 주인을 능멸했다는 이유로 어린 계집종을 학대했으니 글을 배운 선비의 자세라고 볼 수 없소이다. 그러니 이 글을 본 양반들은 부디 아랫사람들을 따뜻하게 대하고 잘못된 일이 있으면 나라에 고해서 처벌하도록 하시오.

김 생원이 한성일보에 쓴 글을 본 관수는 적잖게 실망했다. 무엇보다 최대한 에둘러서 얘기했다는 느낌을 지울 수 없었기 때문이다. 김 생원 역시 그런 관수의 마음을 눈치챘는지 신문사의 2층 방으로 관수를 불러서 따로 얘기했다.

"처음부터 강하게 나가면 오히려 반발이 심할 수밖에 없단다. 모두를 위해 이렇게 살살 어르는 방법이 좋지 싶었다."

"저는 잘 모르겠습니다."

"실은 나도 그렇다. 두고 보자꾸나."

얘기를 나누고 아래로 내려온 관수는 신문사 일이 대략 마무리된 것으로 보고는 꼬맹이에게 말했다.

"혜정교에 좀 갔다 올게."

"수창이 형 만나러 가는 거예요?"

대답 대신 고개를 끄덕인 관수는 거리로 나섰다. 무더운 여름 햇볕이 내리쬔 탓인지 늘 질척거리던 거리에 마른 먼지가 피어났다. 오가는 사람들을 지나쳐 혜정교에 도달하자 여느 때처럼 곽수창과 동료들이 보였다. 눈인사를 나눈 관수가 곽수창에게 다가갔다.

"살주계에 들어가려면 어떻게 해야 해?"

관수의 물음에 곽수창이 의외라는 눈빛을 보였다.

"넌 끝까지 안 들어올 줄 알았는데."

"방법을 찾아봐야겠어."

"너희 신문에 실린 최천식에 관한 기사 봤어."

"우리 주인이 할 수 있는 건 그 정도가 끝이야. 세상을 바꾸고 싶은 뜻은 있지만 직접 뭘 하지는 못하는 사람이거든."

관수의 대답을 들은 곽수창이 좀 떨어진 곳에 서 있는 동료들을 힐끔 돌아보고는 입을 열었다.

"알다시피 살주계는 양반들에게는 공포의 대상이야. 그러니까 가입했다는 것만으로 죽을 수도 있어."

곽수창의 말에 관수가 고개를 끄덕거렸다.

"알고 있어."

"그리고 조건이 있어."

"그게 뭔데?"

관수의 물음에 곽수창이 대답하려는 순간, 멀리서 그를 부르는 소리가 들렸다.

"형!"

고개를 돌리자 꼬맹이가 숨을 헐떡거리면서 달려오는 게 보였다.

"무슨 일인데?"

관수가 묻자 꼬맹이가 거칠게 숨을 쉬면서 대답했다.

"좀 전에 신문사에 어떤 여자가 찾아왔는데 그때 양반이 어린 계집종의 손바닥을 뚫고 가죽 끈으로 꿰어 버린 글이 사실이냐고 물었어요. 사실이라고 하니까 갑자기 펑펑 울면서 돌아갔어요."

꼬맹이의 얘기를 듣는 순간 관수는 그 여인의 정체를 눈치챘다.

"삼월이 어머니 같아. 과천에 있다가 소식을 듣고 올라온 모양이야."

"이상해서 누구한테 알리려고 했는데 박춘이랑 김 생원 아저씨는 술 마시러 가고 다들 자리를 비웠어요."

안절부절못하는 꼬맹이의 말에 관수가 얼른 대답했다.

"우리 주인님은 박춘 아저씨랑 피마골에 있는 선술집으로 술

마시러 갔을 거야. 빨리 찾아서 최천식네 집으로 오라고 해. 얼른.”

“알았어요.”

꼬맹이가 떠나는 모습을 본 관수는 곽수창에게 말했다.

“나중에 다시 얘기하자.”

“어딜 갈 건데.”

“최천식네 집. 무슨 일이 벌어질 거 같아.”

대답을 남긴 관수는 돈의문 쪽으로 뛰어갔다. 숨을 헐떡거리며 미친 듯이 중얼거렸다.

“제발, 제발 아무 일도 없어야 하는데.”

돈의문 밖 경기감영을 지나자 모화관으로 가는 길이 보였다. 한참을 달려가니 지난번에 김 생원과 최천식이 논쟁을 벌였던 반송정 부근에 사람들이 잔뜩 모여 있는 게 보였다. 혹시나 싶어서 발걸음을 늦추고 살피니 삼월이가 소나무를 등지고 서 있는 모습이 보였다. 옆에는 초췌한 모습의 중년 여인이 삼월이의 손을 잡고 서 있었다. 아까 신문사로 찾아온 삼월이의 어머니 같았다. 반송정 안에는 최천식의 모습이 보였는데 갓과 도포 차림이 아니라 답호(褡穫)* 차림이었다. 주변에는 최천식의 하인

---

* 소매가 없는 옷으로 전포라고도 불렸다. 사냥이나 전쟁 때 입었던 복장이다.

들이 빼곡하게 모여 있었다. 가까이 달려간 관수가 외쳤다.

"삼월아!"

사람들이 일제히 돌아보고 반송정 안에 서 있던 최천식도 관수를 바라봤다. 그가 달려오는 관수를 향해 외쳤다.

"저놈 잡아!"

건장한 최천식의 하인들이 관수의 앞을 가로막았다. 관수는 비키라고 외치면서 발버둥을 쳤지만 빠져나가지 못했다. 그렇게 소동이 벌어진 와중에 삼월이의 어머니가 반송장으로 달려갔다. 그러고는 최천식에게 소리쳤다.

"아무리 그래도 그렇지 어린아이의 손바닥을 뚫고 가죽 끈을 꿰다니, 사람이 할 짓입니까?"

"다시는 도망치지 못하도록 벌을 준 것이다. 벌을 받고 싶지 않았으면 도망을 치지 말았어야지."

눈을 부릅뜬 최천식의 호통에 삼월이의 어머니도 지지 않고 응수했다.

"도망치다니요! 일이 힘들고 한양이 낯설어서 집으로 돌아온 겁니다. 아비가 집에 있다고 고하기까지 했는데 그게 어찌 도망을 친 겁니까?"

"그래서 지금 나한테 따지는 것이냐!"

"암요! 따지는 것이고말고요. 세상 어느 어미가 딸년 손바닥

에 구멍이 뚫리는 걸 알고도 가만있겠습니까? 옆집 좌수(座首)[*]
어른이 신문을 읽어 줬는데 설마 했습니다요. 대체 왜 그러셨는
지 속 시원하게 말씀 좀 해 보십시오."

최천식의 얼굴이 울그락불그락해졌다.

"감히 천한 노비 주제에 주인을 능멸하느냐!"

"돌아가신 안주인 마님이 생전에 그러셨지요. 내 배로 낳은
자식이지만 가끔 사람인지 아닌지 모르겠다고 말입니다."

"저년을 당장 나무에 묶어라!"

최천식의 호통이 떨어지자 하인들이 삼월이 어머니를 연못
근처 나무로 끌고 가서 묶었다. 삼월이 어머니는 끌려가 묶이는
와중에도 말을 멈추지 않았다. 하인들이 물러나자 최천식이 활
을 집어 들었다. 그걸 본 관수가 외쳤다.

"멈추십시오! 무슨 짓을 하려고 하는 겁니까!"

활줄을 살짝 퉁긴 최천식이 관수를 돌아보면서 씩 웃었다.

"주인을 능멸하는 노비를 벌주려고 한다. 자기 처지는 생각
하지도 않고 주인에게 대드는 것을 당연하다고 여기는 자들이
있지. 그런 자들이 어떤 벌을 받는지 똑똑히 보아라."

관수는 하인들의 손길을 뿌리치기 위해 발버둥을 쳤지만 소

---

[*]　조선 시대의 지방 자치 기구인 유향소의 벼슬.

용없었다. 화살을 시위에 건 최천식이 나무에 묶인 삼월이 어머니를 겨눴다. 그녀는 그 순간에도 악을 쓰면서 몸부림쳤다. 관수는 최천식이 화살을 쏜 순간 눈을 질끈 감고 말았다. 화살이 몸에 박히는 끔찍한 소리와 함께 나지막한 비명소리가 들렸다. 그리고 어머니를 부르짖는 삼월이의 목소리가 귓가를 파고들었다. 최천식은 분이 풀리지 않았는지 연거푸 화살을 날렸다. 축 늘어진 삼월이 어머니의 몸에 서너 개의 화살이 꽂히면서 피가 나무를 타고 흘러내렸다. 애절하게 어머니를 부르는 삼월이의 목소리 사이로 최천식의 뒤틀린 웃음소리가 들렸다.

"이제 딸년을 묶어라."

최천식의 지시를 들은 하인들이 움직이려고 하자 관수가 외쳤다.

"그만해요. 제발 그만하라고요."

관수의 호소에 하인들이 주춤거리자 최천식이 호통을 쳤다.

"굼뜨게 움직이는 놈도 가만두지 않을 것이다. 저놈도 같이 묶어라."

주인의 호통에 하인들이 삼월이와 관수를 끌고 가서 피 묻은 나무에 묶었다. 옆으로 쓰러진 어머니의 시신을 내려다보면서 삼월이가 눈물짓는 사이 최천식이 화살을 시위에 걸면서 중얼거렸다.

"그래, 누구부터 쏴 줄까?"

관수는 묶여 있는 손을 필사적으로 움직여서 삼월이의 손을 잡았다.

"미안해."

"아니에요. 괜찮아요."

이제 마지막이라고 생각한 관수가 눈을 감았다. 그 순간, 어디선가 날아온 돌이 반송정의 지붕을 때렸다. 그걸 신호 삼아 소나무 숲 어딘가에서 주먹만 한 돌들이 빗발치듯 날아들었다. 하인들이 머리를 감싸 쥔 채 우왕좌왕하자 최천식이 소리쳤다.

"어떤 놈인지 당장 찾아!"

돌이 계속 날아들었지만 최천식은 개의치 않고 두 사람에게 활을 겨눴다. 그때 멀리서 누군가 외치는 소리가 들려왔다.

"멈춰라!"

소리를 지른 사람은 붉은색 전포에 전립을 쓴 무관이었다. 뒤로는 더그레*에 전립을 쓴 군졸들 십여 명이 따라왔다. 붉은색 전포 차림의 무관이 최천식에게 외쳤다.

"나는 의금부 도사 황유철이니라. 당장 활을 내려라."

짜증 난 표정의 최천식이 물었다.

* 조선 시대 무복의 일종.

"집안일이외다."

나무 옆에 쓰러진 삼월이 어머니의 시신을 힐끔 바라본 의금부 도사 황유철이 반송정으로 성큼성큼 걸어갔다. 그리고 최천식의 소매를 확 잡아서 바닥에 내동댕이쳤다.

"네 이놈! 감히 전하가 있는 왕도에서 백주 대낮에 참혹한 살인을 저질러 놓고서는 오히려 큰소리를 치는 것이냐."

"살인이라니요! 주인을 능멸한 노비를 처벌했소이다."

최천식이 항변을 하면서 일어나려고 하자 의금부 도사 황유철이 발길질을 했다.

"전하가 계시는 왕도에서 사사로이 피를 보게 하다니, 그 죄가 얼마나 막중한지 정녕 모르겠느냐!"

주먹으로 맞아서 입가가 피범벅이 된 최천식이 소리쳤다.

"난 주인을 능멸하는 노비를 처벌했을 따름이오."

황유철은 어이가 없다는 표정으로 쏘아보더니 부하들에게 의금부로 압송하라고 지시했다. 군졸들이 최천식을 포박하는 사이 하인들이 냉큼 달려와서 나무에 묶인 두 사람을 풀어 줬다. 삼월이는 쓰러져 있는 어머니 앞에 주저앉아 눈물이 말라붙은 얼굴을 손바닥으로 쓸고 또 쓸며 숨죽여 울었다.

"어머니…… 어머니…… 제 잘못이에요, 미안해요, 어머니."

다리에 힘이 풀린 관수도 그 옆에 주저앉았다. 포박당한 최천식은 멍하게 지켜보는 하인들에게 소리쳤다.

"이놈들! 주인이 끌려가는데 그냥 지켜만 보고 있는 것이냐! 내가 돌아오면 주인을 능멸한 죄로 모두 처벌할 것이다."

최천식이 끌려가고 김 생원이 숨을 몰아쉬면서 관수에게 다가왔다.

"꼬맹이에게 얘기를 듣고 일이 커지겠다 싶어서 곧장 의금부로 달려갔단다. 설마 백주 대낮에 사람을 묶어 놓고 활로 쏴 죽일 줄은 꿈에도 몰랐다."

관수는 김 생원의 얘기에 아무런 반응도 보이지 않고 그저 삼월이만 바라보고 있었다. 그런 관수에게 김 생원이 조심스럽게 덧붙였다.

"최천식은 이제 큰 처벌을 면치 못할 것이다."

"그럼 죽은 삼월이 어머니가 살아 돌아올까요? 아니면 삼월이의 손이 저절로 아물까요?"

"그, 그건……."

"시간이 지나고 기억이 흐릿해지면 또다시 이런 일이 벌어지겠죠. 그때도 누군가가 죽고 다쳐야만 겨우…… 아주 조금씩…… 겨우 달라질 테죠."

두 사람 사이로 어머니의 죽음을 슬퍼하는 삼월이의 애끓는 울음소리가 파고들었다.

+ 한성일보 정축년 8월 열닷새

지난달에 돈의문 밖 반송정에서 자신을 능멸했다는 이유로 노비를 활로 쏴 죽인 최천식에 대한 처형이 오늘 군기시(軍器寺)[*]에서 이뤄질 예정이오. 그자는 임금께서 굽어보시는 도성에서 함부로 피를 보게 한 죄가 너무나 엄중해 조정 대신들도 입을 모아 엄하게 처벌해야 한다고 했소이다. 최천식은 지난달에 일이 힘들고 고되어서 고향으로 내려간 어린 계집종의 손바닥을 달군 쇠로 뚫고 가죽 끈을 꿰는 참혹한 짓을 저질렀고, 이에 격분한 계집종의 어미가 항의하자 반송정의 나무에 묶어 놓고 활로 쏴 죽이고 말았소. 이 사실이 알려지면서 의금부 도사에 의해 포박되었는데 그때까지도 자신의 잘못을 뉘우치지 않고 있다가 지금에 와서야 비로소 임금께 불충했다는 사실을 뉘우치고 있다고 들었소이다. 노비들이 비록 사적 재산이라고는 하나 엄연히 사람이라는 점을 반드시 잊지 말아야 하오. 특히 사사로운 처벌은 위로는 임금께 불충한 짓이고 덕을 쌓아야 하는 선비로서의 자세에서도 벗어난다는 점을 잊지 말아야 할 것이외다.

---

[*] 조선 시대에 무기와 화약을 제조하던 곳. 지금의 서울시청 신청사 자리에 있었다.

군기시 앞 공터에 마련된 처형장에 최천식이 끌려나오자 구경꾼들은 모두 숨을 죽였다. 얼굴에 잔뜩 재가 뿌려지고 귀에는 관이(貫耳)*가 꿰어져 있었다. 관수 옆에 서서 그 모습을 지켜본 곽수창이 소리쳤다.

"남의 손을 꿰뚫더니 자기 귀가 뚫린 신세가 되었군."

사람들이 왁자지껄하게 웃는 사이 최천식은 거적 위에 눕혀졌다. 목 아래 목침을 괴어 놓은 나장이 물러나자 천막 안에서 망나니가 걸어 나왔다. 그사이 다른 나장들이 최천식의 머리를 끈으로 묶어서 도르래와 연결된 나무 기둥에 걸었다. 준비를 끝낸 나장들이 손짓을 하고 물러나자 망나니가 단숨에 누워 있는 최천식의 목을 내리쳤다. 칼이 나무에 박히는 소리와 함께 머리가 옆으로 뒹굴었다. 미리 재와 모래를 뿌려 둔 덕분에 피가 많이 튀지는 않았지만 바닥에 번지는 피를 보고는 몇몇 구경꾼들이 비명을 질렀다. 나장들이 줄을 잡아당기자 최천식의 목이 나무 기둥으로 끌려 올라갔다. 처형이 끝나자 구경꾼들은 모두 흩어지고 공터에는 관수와 곽수창만 남았다. 관수가 옆에 서 있는 곽수창에게 물었다.

"그때 돌을 던진 게 너랑 살주계 사람들이었지?"

---

* 처형할 범죄자의 두 귀에 꿰어 놓는 화살.

"여차하면 돌 던진 다음에 밀고 들어가려고 했지. 다행히 의금부가 때맞춰 움직여서 발을 뺀 거야."

"고마워."

"그나저나 아직 살주계에 들어오고 싶어?"

곽수창의 물음에 관수는 고개를 끄덕거렸다. 그러자 주변을 살펴본 곽수창이 입을 열었다.

"가입 조건이 있어."

"뭔데?"

관수의 물음에 곽수창이 천으로 감긴 뭔가를 건네주면서 말했다.

"김 생원을 죽이는 거."

곽수창이 건넨 것이 칼이라는 사실을 눈치챈 관수가 말했다.

"뭐라고?"

"나는 널 믿지만 다른 동료들이 네가 주인과 사이가 너무 좋아서 언제 배신할지 모른다고 걱정해서 말이야."

"말도 안 돼!"

"말이 안 되는 건 이놈의 세상이지. 그리고 우린 양반들을 죽이기로 결심한 조직이야. 걸리면 최천식처럼 목이 잘리거나 사지가 찢겨서 죽는다고. 그러니까 주인을 죽인다는 결심 정도를 하지 않으면 못 들어와."

"정말 그렇게까지 해야 해?"

관수의 물음에 고개를 끄덕거린 곽수창이 속삭였다.

"내일 새벽에 해치워. 그리고 양주로 가서 대불이네 객주를 찾아가. 내 얘기를 하면 돌봐 줄 거야. 일이 잠잠해지면 내가 찾아갈게. 잊지 마. 내일 새벽이야."

주저하던 관수가 칼을 건네받자 곽수창이 팔을 움켜잡으면서 말했다.

"네가 살주계에 들어오지 않아도 친구로 지낼 거야."

칼을 건네받은 관수는 허리 뒤에 찔러 넣고는 자리를 떴다. 관수의 마음속은 마치 폭풍우라도 치는 것처럼 헝클어졌다. 어린 시절 김 생원의 집에 팔려 오면서 가족과 헤어진 아픔이 있었지만 대체로 평탄한 삶이었다. 김 생원이 기자로 일하기 전까지는 노비라는 신분조차 인식하기 어려울 정도로 잘 지내 왔다. 하지만 나이가 들고 세상을 알게 되면서 신분에 따른 차별이 존재한다는 것을 알게 되었다. 남산골에서는 볼 수 없었던 것을 세상에 나오면서 보게 된 것이다. 김 생원을 따라다니면서 보고 느낀 것들은 도저히 그냥 지나갈 수 없는 것들이었다. 결국 벗어나기 위해 살주계에 가입한다고 했지만 생각지도 못한 조건을 받아 들었다. 관수는 지난날들을 떠올리면서 남산골에 있는 김 생원의 집까지 걸어갔다.

밤이 깊어지자 방에 누워 있던 관수는 몸을 일으켰다. 이불 안에 숨겨 뒀던 칼을 집어 들고는 조심스럽게 문을 열었다. 새벽의 싸늘한 기운이 방 안으로 밀려들었다. 관수는 건너편 김 생원의 방에 불이 환하게 켜져 있는 것을 봤다. 최근 신문사 일을 하느라 글쓰기가 게을러졌다면서 가끔 새벽까지 글을 읽곤 했다. 밖으로 나와 짚신을 신은 관수는 한동안 불이 켜진 김 생원의 방을 뚫어지게 바라봤다. 눈을 감은 채 문을 박차고 들어가서 김 생원의 가슴에 칼을 꽂는 모습을 상상해 봤다. 관수의 고개가 좌우로 심하게 흔들렸다. 마당 가운데 우뚝 서서 김 생원이 있는 방을 바라보던 관수는 큰절을 올리고는 몸을 돌려서 싸리문을 나섰다. 어둡기는 했지만 수천 번 오고갔던 길이라 어렵지 않게 걸을 수 있었다. 길을 걸으면서 어디로 갈지 고민하던 관수는 산중턱의 바위에 누군가 앉아 있는 걸 보고는 걸음을 멈췄다. 바위에 걸터앉아서 밤하늘을 바라보던 김 생원이 물었다.

"먼 길을 가려는 모양이구나."

"답을 찾아보려고요."

"길은 답을 찾기 좋은 곳이지. 관수야, 내가 많이 미안하구나."

김 생원의 말에 눈물이 찔끔 난 관수가 고개를 저었다.

"주인님이 미안하실 건 없습니다. 내내 좋은 주인님이셨습니다. 하지만 세상이 이 모양인데 저만 눈감고 편하게 지낼 수는 없습니다."

"너도 나에게 좋은 사람이었다. 네가 세상을 보고 배우면서 깨우쳐 가는 걸 지켜보며 나도 많이 배우고 느꼈다."

"전 배운 것도 깨우친 것도 없습니다. 그저 분노했을 뿐입니다. 분노만으로는 아무것도 바꿀 수 없잖습니까."

"분노조차 못하는 사람들로 가득한 세상이지. 나도 신문에 글을 쓰게 되면서 세상에 대해 다시 생각하게 되었단다."

김 생원의 고백 같은 얘기를 들은 관수가 대답했다.

"저는 잘 모르겠습니다. 왜 사람들이 신분에 따라 차별받고 심지어 목숨까지 잃어야만 하는지 말입니다."

"그 부분은 나도 할 말이 없다. 말로는 중국의 예와 도를 따라야 한다고 하면서 중국에서는 이미 사라진 노비제도를 우리는 유지하고 있으니 말이다."

관수는 고뇌가 엿보이는 김 생원의 말에 귀를 기울였다. 숨을 몰아쉰 김 생원이 덧붙였다.

"하지만 문제가 무엇인지 아는 것만으로도 해결의 길이 열릴 것이라고 믿는다."

"정녕 해결될 문제입니까?"

관수의 물음에 김 생원이 씁쓸한 표정을 지었다.

"지난번 글도 그렇지만 이번 글도 양반들이 꽤 불편해한다는 얘기가 들려오는구나. 하지만 그것만으로도 나는 이미 크게 진전되었다고 믿는다. 내 글과 이번 사건이 아니었다면 그들이 불편해야 할 이유조차 없었을 테니 말이다. 내 방식이 옳거나 혹은 해결할 수 있는 유일한 방법이라고는 믿지 않는다. 그러니 우리 둘이 머리를 맞대고 좀 더 방법을 찾아보지 않겠니?"

"함께요?"

"그래, 함께 말이다."

관수는 지긋이 바라보는 김 생원을 한참 마주 보다 아무 말 없이 고개를 천천히 끄덕였다. 자꾸만 눈물이 나오려고 해서 애써 참고 있는데 김 생원이 어깨를 끌어안으며 말했다.

"날이 제법 밝았구나. 함께 좀 걷자꾸나."

경복궁의 정문인 광화문을 지나 흥례문으로 들어서면 계단 위에 우뚝 솟은 근정문과 만나게 됩니다. 근정문 왼쪽에는 서쪽 영역과 근정전을 연결하는 유화문이 있습니다. 유화문 옆에 두 칸짜리 작은 전각이 보일 겁니다. 기별청이라는 현판이 붙어 있는 이곳이 바로 기별지를 만들던 곳입니다. 조보라고도 불리는 기별지는 조정의 소식을 정리한 일종의 관보입니다. 그런데 몇몇 사람들이 승정원에 요청해서 조보를 한 부 받습니다. 그리고 목활자를 이용하여 대량 인쇄를 해서 사람들에게 돈을 받고 판매합니다.

만약 이런 상황이 지속되었다면 아마 신문의 탄생으로 이어졌을 겁니다. 하지만 얼마 가지 않아서 이 사실을 알게 된 선조가 관련자들을 모두 처벌하고 유배를 보내면서 민간에서 발행했던 조보는 사라지고 맙니다. 『남산골 두 기자』는 만약 민간에서 계속 조보를 발행했다면 어떤 일이 벌어졌을지를 두고 풀어낸 이야기입니다. 2017년 한여름에 출간된 『남산골 두 기자』는 그동안 많은 사랑을 받았습니다. 아홉 차례의 증쇄를 거치는 사이 영상화 판권도 판매했습니다. (아쉽게도 영상화로 이어지지는 못했습니다.) 많은 기관과 단체의 추천 도서로 선정되어 꾸준히 읽히는 스테디셀러로 자리잡았습니다. 아마도 조선 시대에 발행된 신문이라는 독특한 소재와 그 안에 담긴 생생한 이야기들 때문이 아닐까 생각합니다.

개정판 준비를 하면서 작품 전체를 다시 살폈습니다. 여러 사건과 실존 인물들을 뒤섞어 이야기가 더욱 풍성하게 보이도록 상상에 상상을 더하였던 기억이 새록새록 떠올랐습니다. 에피소드들 하나하나도 역사적 기록들을 바탕으로 하되, 오늘의 현실과 이어지도록 신경을 썼습니다. 김 생원과 관수의 취재 활동과 김 생원의 칼럼을 보면서 예나 지금이나 진실을 밝히고 권력을 견제해야 하는 언론의 책무에 대해서도 다시 한번 생각했습니다. 가짜 뉴스들의 홍수 속에서 우리 모두가 김 생원과 관수의 시선으로 세상을 바라보려 노력했으면 좋겠다는 바람도 다시 담아 봅니다.

무엇이든 쉬이 잊히는 시대에 개정판을 출간하게 되어 기쁩니다. 독자 여러분의 애정과 관심 덕분입니다. 곧 시즌 2로 찾아 뵙겠다는 약속으로 고마운 마음을 담아 보냅니다.

2024년 초여름
정명섭

조선 시대에 기자가
있었다면?

　작가들 사이에는 작가 후기가 가장 쓰기 힘들다는 농담 아닌 농담이 있습니다. 할 얘기를 본문에 다 써 놨기 때문에 거기에서 또 다른 얘기를 한다는 것이 쉽지 않기 때문입니다. 덧붙여서 누가 작가 후기 같은 걸 들여다볼까 하는 지레짐작도 한몫하는 거 같습니다. 그럼에도 불구하고 작가 후기를 써서 뒤에 붙이는 것은 책을 좀 더 잘 이해할 수 있게 하기 때문입니다. 『남산골 두 기자』는 그런 설명이 필요한 책이기도 합니다. 이 책을 보시는 분들은 대부분 조선 시대에 신문이 존재하지 않았다는 사실을 알고 있습니다. 민간에서 조보를 인쇄해 판매한 적이 있긴 하지만 불과 몇 달에 지나지 않았고 그마저도 관련자들이 모두 처벌받음으로써 맥이 완전히 끊기고 말았습니다.

이 책은 만약 민간에서 인쇄해 발행했던 조보가 없어지지 않고 계속 유지되었다면 어땠을까 하는 상상력에서 출발했습니다. 시간이 흐르면 단순히 조보를 받아다가 인쇄해 배포하는 것에서 나아가 사람들이 흥미롭게 생각할 만한 이야기를 글로 써 싣고 세상 돌아가는 것에 대한 비평도 곁들이지 않았을까 생각합니다.

사실 기자라는 직업은 세상 돌아가는 일을 소개하기에 안성맞춤입니다. 누군가를 만나고 질문하는 것이 일상이기 때문입니다. 조선 시대에 만약 기자가 있었다면 아마 오늘날과 비슷한 문제를 고민하고 취재하고 기록했을 겁니다. 김 생원과 관수는 어떤 측면에서는 조선 시대를 들여다볼 수 있는 망원경 같은 존재입니다. 동시에 현대를 비춰 주는 거울이기도 합니다. 조선 시대에 사람들이 고통스러워했던 문제는 오늘날과 놀랍도록 유사하기 때문입니다. 선의를 가장한 착취와 폭력은 오늘날에도 익숙한 일이고, 변화와 혁신을 이유로 타인의 생계 수단을 빼앗아 버리는 일도 빈번하게 벌어집니다. 특히 자신의 지위와 권력을 이용해서 다른 사람을 괴롭히고 심지어 목숨까지 앗아가는 일은 신분제 사회에서 벗어난 지 오래인 지금도 자주 일어나는 일입니다. 그런 것들을 밝혀낸다고 해결되지는 않습니다. 하지만 문제를 파악하고 지켜보는 것이 해결의 시작점이라고 믿습니다. 수많은 사람들이 우리의 주인공들인 김 생원과 관수와 같은 고민을 했고, 그 결과물이 지금의 세상입니다. 지나온 역사를 보면 당대에는 불온하며 위험천만한 생각이라고 무시당한 것들이 오늘날에는 보편타당한 가치가 된 것이 적지 않습니다. 노비 제도가 완전히 폐지된 것은 1894년으로 120년 전의 일에 불과합니다. 지나간 과거가 지금 여기, 우리와 그리 멀지 않은 곳에 있었다는 사실은 역사를 배워야 하는 또 다른 이유이기도 합니다. 부디 이 미욱한 글이 지금 이 순간에도 역사를 지키고 바로 세우기 위해 노력하고 있는 분들에게 누가 되지 않기를 바랍니다. 더하여 우리 역사와 당대에 조금이나마 관심을 갖는 계기가 된다면 더 바랄 게 없겠습니다.

2017년 여름
정명섭

소설 속 역사 탐방

조보 기별지라고도 불리는 조보는 조선 시대 왕실의 비서 기관인 승정원에서 발행한 관보입니다. 주로 조정의 각종 인사이동과 전국에서 벌어진 자연 현상, 관리와 유생 들의 상소문을 비롯해서 임금이 관리와 백성 들에게 전하는 말인 윤음 같은 것들이 수록됩니다. 신문으로 분류하기도 하지만 논설이나 기사가 없고, 작성자의 이름도 표시되어 있지 않기 때문에 오늘날의 신문과는 다릅니다. 승정원에서 만든 조보는 필요한 관청에서 베껴 갔는데 이들을 기별서리라고 불렀습니다. 기별서리들은 빨리 베끼기 위해서 심하게 흘려 쓸 수밖에 없었고 이 글씨체를 기별체라고 불렀습니다. 조보의 배포 대상은 왕실과 전 현직 고위 관리, 지방의 수령들로 엄격하게 정해져 있습니다.

하지만 조정의 돌아가는 일에 관심이 많았던 사대부들이 개인적으로 구해서 보기도 했습니다. 선조 11년인 서기 1578년에는 민간에서 조보를 인쇄해 돈을 받고 배포한 적이 있습니다. 민간에서 발행한 조보는 사대부들에게 큰 인기를 끌었습니다. 아마 계속 발행되었다면 우리나라 최초의 신문이 되지 않았을까 싶습니다. 하지만 뒤늦게 이 사실을 안 선조가 관련자들을 처벌하고 유배를 보내면서 신문 발행은 무산되고 말았습니다.

가 볼 만한 곳

경복궁의 유화문 옆에 자그마한 전각이 한 채 있습니다. 가까이서 보면 기별청이라는 현판이 보이는데요. 바로 기별지를 발행하던 곳입니다. 여기서 발행된 기별지는 기별서리들이 필사해 전국으로 배포되었습니다.

기별청

남산골샌님
조선 시대 남산은 주로 가난한 선비들이 모여 사는 곳이었습니다. 이들을 남산골샌님이라고 불렀는데 과거에 합격하기 위해 글공부에만 열중했기 때문에 고지식하고 고집이 세다는 인식이 있었습니다. 이들은 비가 오지 않는 날에도 짚신을 아끼기 위해서 나막신을 신고 다녔기 때문에 '남산골딸깍발이'라고도 불렸습니다.

가 볼 만한 곳

충무로역에서 내려서 오르막길을 살짝 올라가면 남산골 한옥 마을에 갈 수 있습니다. 조선 시대 전통 가옥들을 복원해 놓았고 전통문화 체험도 함께 즐길 수 있는 곳입니다.

남산 한옥 마을에 있는 도편수 이승엽 가옥

운종가   시전이라고도 부르는 운종가는 지금의 광화문 우체국에서 종로3가 일대였다가 점차 확장되어 갑니다. 조선의 도읍인 한양의 유일한 시장이었기 때문에 항상 상인과 손님 들이 구름처럼 몰려들었다고 해서 운종가라고 불립니다. 이곳에는 2층짜리 상점 건물 수백 칸이 있었다고 합니다. 각 상점마다 파는 물건들이 달랐는데 같은 물건을 파는 상점끼리는 일종의 조합이 구성되어 있었습니다. 물건이 주로 상점 내부에 있었기 때문에 손님들이 하나하나 구경하기가 어려웠고, 그 때문에 여리꾼이라고 불리는 일종의 소개인이 있었습니다. 이들은 손님들을 자신이 아는 상점으로 데려가서 물건을 사게 하고 소개료를 받았습니다.

가 볼 만한 곳

광화문과 강북삼성병원 사이에 있는 서울역사박물관은 서울의 역사를 자세하게 알 수 있는 곳입니다. 특히 운종가와 경복궁 앞의 육조거리가 대형 미니어처로 만들어져 있어서 한눈에 볼 수 있습니다.

운종가 광통교

육조거리 모형

멸화군

조선의 도읍인 한양은 십만이 넘는 인구가 사는 도시였습니다. 따라서 화재에 크게 취약해 여러 차례의 불 때문에 큰 피해를 입었습니다. 그래서 불을 끄는 소방 조직인 멸화군을 두고 화재 진압 활동을 했습니다. 50명으로 구성된 멸화군은 종루 2층에 감시소를 두고 불이 나면 현장으로 즉각 출동해서 불을 껐습니다.

가 볼 만한 곳

보라매공원 안에 소방역사박물관이 있습니다. 이곳에 가면 멸화군에 대한 설명과 각종 장비, 어떻게 불을 껐는지를 확인할 수 있습니다.

소방 도구

화재 진압 모습과 망루에 올라가 살피는 금화군을 재현해 놓은 미니어처

모화관   모화관은 중국에서 오는 사신들이 머무는 숙소 입니다. 지금의 독립문 근처에 있었는데 중국 사 신들이 이곳에 도착하면 왕세자가 신하들을 이끌고 나가서 맞이했습니다. 모화관 앞에는 영은문을 세워 놨는데 청일 전쟁 이후 영은문을 허물 고 세운 독립문이 오늘날까지 이어져 오고 있습니다.

가 볼 만한 곳

예전 군기시 자리였던 서울 시민청 지하에 내려가 면 군기시 유적을 볼 수 있습니다. 군기시 건물터의 모습이 복원되어 있고, 그곳에서 출토된 화살촉, 호 포 등의 무기를 전시하고 있습니다.

불랑기자포

화살촉

총통